KB075840

단순 생활자

황보름 에세이

단순 생활자

열림원

얽히고설킨 관계에서 떨어져나와
가벼워진 몸과 마음이 되어본다.

나는 혼자고, 나는 자유롭다고 감각해본다.

단 한 시간이라도,
단 하루라도 가벼운 상태가 되는 것.

이 상태에서 꼭 해야 하는 일이 아닌
내가 좋아하거나 하고 나면 기분 좋은 일을 하는 것.

이것이 내가 찾은 휴식이었다.

프롤로그

이 책을 쓰기로 결정했을 때 정해진 건 아무것도 없었다. 막연히 일상을 담자는 생각이었고, 다만 그 일상을 아우르는 커다란 틀이 있으면 좋겠다 싶었다. 내 일상을 담는 틀은 무얼까, 생각만 하면서 시간을 보냈다. 그사이 내 삶에는 커다란 변화가 있었다. 오랫동안 고대하던 독립을 했고, 독립을 하고 얼마 후 습관처럼 퇴사를 했다. 다시 전업작가 생활로 돌아온 것이다.

다시 돌아온 생활엔 익숙한 것도 있고 익숙하지 않은 것도 있었다. 아침에 일어나 글을 쓰기 위해 책상에 앉아 글 한 줄 못 쓴 채 밤을 맞는 생활은 익숙했지만, 독립한 집에서 아침부터 밤까지 모든 시간을 혼자 보내게 된 점은 익숙하지 않았다.

익숙한 생활과 익숙하지 않은 생활을 글로 옮기기 시작했다. 그렇게 한 줄 한 줄 쓰다가 내 일상을 아우르는 단어를 떠올리게 되었다. '단순'이었다. 읽고 쓰고 걷고, 밥하고 청소하고 운동하는 것 외엔 별다른 일 없이 하루하루를 보내고 있는 내 생활을 이만큼 잘 드러내는 단어도 없을 듯했다.

책을 쓰며, 단순하게 산다는 건 사는 데 불필요한 것들은 되도록 걷어내고 필요하거나 좋아하는 일들에 시간을 들이며 사는 일이라는 걸 이해해갔다. 내 삶에 꼭 있어주었으면 싶은 것들을 몇 개 정해놓고 그것들을 하면서 시적시적 걷듯 생활하는 마음이 좋았다.

부모님과 함께 살며 글을 쓸 땐 내 일상에 생활인의 모습이 거의 섞여 들지 못했다. 혼자 살아서 좋은 건, 글을 쓰는 작가이기만 한 것이 아니라 매일 직접 요리하고 집

구석구석을 살피면서 살림을 건사하는 생활인의 모습을 얻게 되었다는 점이다. 살림을 건사하는 건 나를 건사하는 일이라서, 매일 나를 위해 부지런히 움직이는 나를 보는 기분이 좋았다.

이 책에는 작가와 생활인, 두 모습이 비슷한 비율로 담겨 있다. 대부분 지난 1년간 쓴 글로, 사이사이 혼자에 관한 짧은 글도 몇 개 실었다.

가을을 통과하며 책을 출간하게 되어 기쁘다.

오늘도 단순하게 잘 살았다.

2023년 가을

황보름

차례

마침표 이후에 오는 문장

회사에 다닌 1년 반 동안 내가 가장 하고 싶던 건, 아침 9시에 글을 쓰는 일이었다. 회사에서 엑셀을 띄울 때면 내 마음은 집에서 한글을 띄우고 있었다. 길을 알려주는 이정표처럼 가로세로 줄이 촘촘히 그어진 엑셀이 아닌, 어느 방향으로 가야 할지 감도 잡기 힘든 드넓은 평야가 펼쳐진 한글을 띄워놓고 하루 종일 막막해하고 싶었다.

회사 그만둘까 봐. 휴대폰에 대고 나는 말했다. 휴대폰 너머의 친구들은 누구 하나 나를 뜯어말리지 않았다. 왜 그만두려는지조차 묻지 않았다. 외력에 의해 정신없이 휘

둘리던 오뚝이도 다시금 제자리를 찾듯, 친구들이 보기에 나의 자리도 결국은 글 쓰는 삶이라고 생각했던 걸까.

나는 분명 "그만둘 거야"라고 말하지 않고 "그만둘까봐"라고 말했건만, 친구들은 내 속을 들여다본 사람처럼 그래 참 잘 생각했다며 나의 퇴사를 미리 축하해주었다. 한술 더 떠 퇴사 타이밍을 정해주는 친구도 있었다. 계산 편하게 말일까지 일하고 이번 달은 회사 입장에서도 갑작스러우니 다음 달에 그만두라는 친구의 말에 나는 그거 참 탁월한 조언이라며 장난스레 맞장구쳤다. 어차피 친구도 나만큼이나 잘 알고 있을 거였다. 결국은 내 마음 가는 대로 내 삶이 흘러가게 되리라는 걸.

그리고 친구도 나만큼이나 내가 말하지 않은 불안을 잘 알고 있을 거였다. 30대를 몽땅 글 쓰는 삶에 쏟아붓고 나서야 나는 글로 먹고사는 일의 요원함을 이해했다. 알고는 있었지만 그제야 나의 현실로 정확히 받아들였다는 뜻이다. 뒤늦게 현실을 너무나 제대로 직시한 통에 몇 번은 자다가 헉 소리를 내며 깨기도 했다. 잠에서 깬 나는 속으로 큰일 났다고 되뇌었다. 큰일 났다, 글만 쓰다 마흔이 넘어버렸어, 정말 큰일 났다.

밥벌이의 어려움을 토로하는 작가들의 글은 수도 없이 읽었다. 글로 돈 버는 게 가장 쉬웠다고 말하는 작가는 어디에도 없었다. 내가 쓴 글이 고봉밥이 되어 나를 살찌우는 행운은 쉽게 찾아오지 않는다는 사실도 당연히 알고 있었다. 어쩌면 그래서 더 밥벌이할 방법을 구체적으로 그려보지 않았는지도 모르겠다. 그려보는 순간, 내가 너무 좋아하게 된 이 생활을, 방에 틀어박혀 글만 쓰는 이 생활을 끝내야 할 것 같았으니까.

대신 밥벌이의 어려움이 작가 생활의 기본값이라고 마음 깊이 새겨 넣었다. 바람이 불면 머리카락이 날리는 것은 당연지사인데 왜 날리느냐 하늘을 원망할 필요 없듯, 작가가 되면 밥벌이가 어려운 것은 당연지사인데 왜 생활이 이토록 곤궁해진 것이냐 꼬치꼬치 따지고 들 필요 없는 것이다. 바람이 불면 귀에 머리카락을 꽂으면 되듯, 밥벌이가 어려우면 소식을 하면 된다. 하지만 언제까지……?

언제까지 이 생활을 할 수 있을까. 실은 내내 이 고민을 했던 것 같다. 미련퉁이처럼 답을 내지 못한 채 한 해를 보내고 또 한 해를 보내다 30대를 지나온 것이다. 난 나에게 무책임한 사람인 걸까. 지금은 그렇다 치고 나중에 더 나이 들면 어쩌려고 이럴까. 소식을 넘어 아예 굶게 된다면? 등등의 생각이 서로 치고받으며 머리를 두서없이 장악했고, 이런 나날이 이어지다 어느 날 헉 소리를 내며 잠에서 깨는 상황에 처한 것이다.

2021년 1월 1일은 내 인생 최악의 날로 꼽을 만하다. 무슨 일이 생기지도 않았고 어디 아픈 데도 없는데 마음을 앓으며 처음으로 밤을 지새운 날이기 때문이다. 밤을 꼬박 새우며 나는 마침내 인정해야 했다. 이젠 허울 좋은 전업작가 생활에 마침표를 찍어야 한다고. 좋았던 한 시절이 끝난 것이다. 실은 꽤 오래전에 찍어야 했지만 미루고 미루다 이제야 찍게 된 마침표. 겉은 작가였지만 속은 백수였던 생활에 마침표를 찍으며 나는 생각했다. 후회할 필요는 없어. 졌지만 잘 싸웠다고 생각하자. 좋아하는 생활을 이토록 오래 누릴 수 있던 것만으로도 축복인 거야. 그러니 너무 슬퍼하지 말기. 그나저나 그런데 이젠 뭘 해서 먹고살지.

그렇게 다시 직장인이 되었다. 신기하게도 마침표를 찍은 얼마 후 학교 선배에게 연락이 왔다. 선배가 다니던 회사에서 사람을 급히 구한다며 면접을 보라고 했다. 실무진 면접과 임원 면접을 일주일 만에 해치우니 며칠 후 등기로 사원증이 날아왔다. 바로 첫 출근일이 정해졌다.

출근하자마자 퇴근을 기다리는 생활이 시작되었다. 출퇴근만 하다가 어느새 한 달이 지나갔다. 첫 월급이 통장에 찍힌 날, 나는 좀 허탈해서 웃었다. 수천 권의 책을 팔아야 받을 수 있는 인세가 거기 찍혀 있었다. 월급쟁이의 노동은 임금의 많고 적음을 떠나서 어찌 됐건 척척 밥으로 환산되고 있다는 사실이, 얼마 전까지 하루 종일 쓴 글을 밥으로 환산하지 못하던 내 머리를 스쳐 지나갔다. 이어 또 하나의 생각이 떠올랐다. 책을 팔아 매달 이 정도 돈만 벌 수 있다면 정말 소원이 없겠다. 그러다 금방 생각을 쫓아냈다. 나는 이미 마침표를 찍었으니까.

이후의 이야기는 여러 북토크와 인터뷰에서 간간이 말해왔다. 회사에 다니기 시작한 무렵 나는 몇 년 전에 쓴 소설을 공모전에 출품했다. 몇 개월 후 회사에 앉아 있다가 수상작이 되었다는 메일을 받았다. 그로부터 몇 개월 후 『어서오세요, 휴남동 서점입니다』란 제목으로 전자책이 출간되었고, 다음 해인 2022년 1월엔 종이책이 출간되었다.

종이책 출간 이후, 마침표를 힐긋거리며 보내는 시간이 늘어갔다. 자꾸만 마침표 이전의 삶을 떠올리게 됐다. 툭하면 가능성을 타진했고, 이내 이건 내가 타진한다고 결과를 알 수 있는 일이 아니라고 나를 설득했다. 가능성을 타진하다 나를 설득하는 일을 하루에도 수없이 반복했다. 가족과 이야기를 할 때도 누가 물은 것도 아닌데 혼자 가능성을 타진하다 곧 그들 앞에서 또 나를 설득했다. 아니야, 안 돼, 마침표 찍었잖아, 너 어쩌려고 그래? 또 헉 하면서 일어나려고? 그만, 스톱, 생각 그만.

그렇게 혼자 북 치고 장구 치며 몇 개월을 살았다. 그러다 어느 날 아침, 회사에 사직 의사를 밝혔다. 친구 말대로 계산 편하게 말일까지 일하기로 하고, 다만 회사 입장보다 내 입장을 고려해 그달까지만 일하기로 했다. 마침 회사에도 변화가 있던 터라 어렵지 않게 그만둘 수 있었다.

마침표를 찍었을 때의 마음을 기억하고 있다. 부단히 했던 노력도 만족할 만한 성취로 돌아오지 않는다는 걸 받아들이기 위해 무진 애를 쓰던 것도 기억하고 있다. 무너지지 않으려고, 유머를 잃지 않으려고, 매일 마음을 다스리던 것도 기억하고 있다. 다시 불안할 테고, 내 노력의 시간은 또 고봉밥이 안 될 수도 있다. 그런데 나는 또 살고 싶었다. 불안하지만 충만했던 그때처럼.

그럼 이미 찍어놓은 마침표는 어떻게 할까.

어떻게 하긴. 마침표 뒤에 다음 문장을 이으면 되지. 작가의 특권이라면 본인이 쓰고 있는 이야기의 마지막 정도는 스스로 결정할 수 있다는 것 아닐까. 미련이랄 수도 있고, 또 한 번의 실패를 자처하는 일일 수도 있으며, 어쩌면 한 사람이 다시금 제자리를 찾는 일일 수도 있는 이야기가 작가의 손에서 다시 시작되는 것이다. 마침표 이후에 오는 문장으로. 이 책처럼.

내가 있는 곳

내가 살고 있는 경기도 남부 도시는 지하철이 없어 운신의 폭이 좁은 것만 잊고 살 수 있다면, 살기에 좋은 곳이다. 도로도 널찍널찍 쭉 뻗어 있고 사람도 별로 없다. 애매한 시간에 걷다 보면 그 긴 길이 온통 내 차지다. 길의 유일한 통행자가 된 날은 기념으로 사진을 찍어두기도 한다.

전체적으로 무엇이든 넘치지 않고 약간 모자란 상태. 서울에 살면서 가끔 이 도시로 놀러 올 때면 특히 이 모자란 상태가 마음에 들었다. 사람도, 상가도 빽빽하지 않고 듬성듬성 흩어져 있는 곳. 이곳에서 며칠을 지내다 서울로 돌아가면 어깨가 부딪히지 않기 위해 신경 써서 걷는 일이 유독 힘들었다. 끊임없이 이어지는 사람의 행렬에 숨이 턱 막히는 기분을 느낀 적도 있다.

이 도시에 유일하게 많은 건 아파트 아닐까. 얼마 전 집에 놀러 온 친구는 에둘러 말했다. 여긴 아파트 천지다. 무슨 말이 하고 싶은지 알 것 같았다. 아파트밖에 없는 이곳이 서울 구도시의 골목골목을 누비며 사는 본인에겐 삭막해 보인다는 뜻이겠지. 너무 계획되었기에 너무 작위적인 느낌을 준다는 뜻이겠지. 그렇게 볼 수 있겠다는 생각이 들었다. 하지만 초등학생 때부터 아파트에서 산 나는 아파트가 익숙하고, 특히 밤엔 그 아파트가 '계획적으로' 넓게 펼쳐진 채 뿜어내는 빛을 보는 게 좋다. 예쁘다 느낀다. 그래서 가끔씩 멈춰 서서 밤의 아파트를 찍는다.

이 도시에선 재작년부터 살았다. 일하게 된 회사가 경기도에 있어서 서울에선 출퇴근이 어려웠다. 왕복 네 시간을 하루 경험하고 언니에게 전화를 걸었다. 나를 1년

만 거둬줄 수 있느냐고 묻자 언니가 거둬줄 수 있다고 해서 바로 짐을 챙겨 왔다. 부모님 집 방 한 칸에 얹혀살다가 언니네 집 방 한 칸에 얹혀살기 위해 온 셈이다.

언니네 집 현관 옆 작은 방에서 1년 치의 삶을 시작했다. 며칠 출퇴근을 하다가 방에 드러누워 친구들에게 근황을 알리니 친구들은 대략 세 가지를 놀라워했다. 하나는 언니가 날 받아준 것. 둘은 형부마저 날 받아준 것. 셋은 언니네 집에 얹혀살게 된 사람치곤 내 마음이 편안한 것. 친구들의 놀란 마음을 다 풀어줄 순 없었다. 언니와 형부가 날 받아준 이유는 나도 정확히 모르겠으니까. 막연히 내리사랑이라 짐작할 뿐. 내가 조카를 사랑하는 마음과 비슷한. 물론 나는 조카처럼 귀엽지도 사랑스럽지도 않은, 마흔 넘어 짐이 되어 들어온 동생이자 처제이지만.

내 마음이 편안한 이유는 자세히 설명할 수 있었다. 그즈음의 나는 1월 1일의 절망에서 말끔히 벗어난 상태였다는 게 가장 큰 이유다. 짧고 굵은 절망 끝에 곧 평상심을 되찾았다. 비록 긴 시간을 바친 작가의 삶에선 성과를 이루지 못했고, 어쩌면 내 삶에서 가능했을 여러 기회를 글을 쓰느라 놓치거나 잃었지만, 어차피 사람은 다 가질 수 없는 법이고, 누가 뭐래도 나는 내가 보낸 시간이 매우 마음에 들었으므로 지난 내 삶을 긍정하기로 마음을 먹었기 때문이다.

이후 갑자기 직장을 얻었을 땐 내 안에 새로운 감각이 차오르는 걸 느끼기도 했다. 내 삶이 전환되었다는 감각. 삶의 방향이 바뀌고 있고, 나는 새로운 방향으로 나아가며 다시 시작하고 있다는 감각이었다. 이 감각이 내게 이렇게 말해주는 듯했다. 그러니까, 나는 정말 다시 시작할 수 있어. 그러니까, 기분 좋게 살아가도 돼.

언제나처럼 책에서 배운 대로 내 삶을 바라보게 된 것이기도 하다. 언제 어느 상황에서든 다시 시작할 수 있다고 말하는 책 속 인물들처럼, 나도 그럴 수 있다고. 만약 이 세상 모든 책을 읽을 수 있다면 각 나이별로 다시 시작하는 인물의 리스트를 뽑을 수 있으리라 생각한 적 있다. 나에게 책은 끝난 지점에서 다시 시작하는 사람들의 이야기니까. 다시 시작한 그들의 삶은 계속 이어지니까.

그렇다면 내 삶도 이어지겠지.

다시 시작하는 삶에서 장소의 변화는 필연처럼 보였다. 삶의 무대가 바뀌었고, 나는 바뀐 무대에서 슬퍼할 필요 없었다. 언니네 집 현관 옆 작은방은 그렇기에 새로운 시작을 위해 마련된 소중한 무대.

나는 이 무대에서 오랜만에 헐렁한 마음으로 하루하루를 보냈다. 출근하긴 힘겹고, 퇴근하면 기운이 쭉 빠졌지만, 마음만은 편안하고 헐렁헐렁했다. 생각해보니 작가가 되겠다고 글을 훈련하기 시작하고부터 10년 동안, 단 하루도 글에 대해 생각하지 않은 적이 없었다. 쓰고 있을 때도, 쓰고 있지 않을 때도 글을 생각하며 살았다. 바닥에 글이라는 깃대를 꽂아놓고 그 깃대를 힘껏 움켜쥐며 살았다. 좋아서 그런 것이긴 하지만, 내내 힘을 주고 사는 삶이 버겁기도 했던 것 같다. 10년 만에 깃대에서 손을 떼니 온몸이 스르륵 풀리며 마음이 느긋해졌다. 출퇴근하는 직장인이 되면서 나는 황당하게도 휴가를 즐기는 마음이 되었다.

집에 오면 다른 직장인들처럼 시간을 보냈다. 텔레비전도 보고, 운동도 하고, 술도 마셨다. 쉬는 날엔 이젠 교복이나 다름없어진 트레이닝복을 위아래로 입고 내 작은 무대를 품고 있는 이 도시를 걸었다. 서울에서 가끔 올 때도 공사가 한창이던 이곳은, 여전히 공사 중이었다. 넓은 흙바닥에선 아파트가 올라가고 있었고, '임대 문의'라고 적힌 종이가 줄을 이어 붙어 있는 상가건물 옆에는 더 큰 상가건물이 들어섰다. 여길 다 채울 수 있을까, 혼자 생각해보다가, 채우지 못할걸, 혼자 답하게 만드는 신도시 특유의 분위기를 느끼며 나는 자주 걸었다.

걷다가 집에 들어갈 땐 언니에게 카톡을 보냈다. 술? 콜. 술에 대해서라면 너무나 쉬운 나, 언니, 형부는 언제든 서로의 술친구가 될 준비가 되어 있었기에 우린 자주 술을 마셨다. 가끔씩 한 사람이 금주를 선언해도 나머지 한 명이 있으니 혼술할 기회는 좀처럼 생기지 않았다. 일곱 살 조카가 맛있게 밥을 먹는 모습을 보며, 내리사랑을 온몸으로 실천하고 있는 두 사람과 술을 마시는 시간이 좋았다. 헐렁한 시간이 천천히 흘렀다. 이대로 글을 쓰지 않고 살아도 괜찮겠다 싶을 만큼 편안한 시간이었다.

그렇게 글에서 완전히 놓여난 몇 개월을 보낸 후 나는 다시 한글을 열었다. 쉬는 날이면 책상에 이마를 박으며 쥐어짜듯 문장 하나를 뽑아냈다. 아우, 이 힘든 걸 나는 뭐 하러 하고 있나, 나도 내가 잘 이해되지 않았다. 그래도 글은 써야 했다. 쓰고 싶었다. 글에서 놓여난 시간 동안 알게 된 것이 있었다. 글을 쓰지 않아 편안한 것도 좋았고, 직장을 다니고 있는데도 휴가 온 기분을 느끼는 것도 좋았다. 그런데 바로 이 휴가 온 기분, 이 노는 기분, 나는 이 기분 때문에 글이 내게 어떤 의미인지 알게 되었다. 나의 본업은 글쓰기란 의미였다. 본업을 안 하니 노는 기분이 드는 것이 당연했다. 다시 본업으로 돌아갈 시간이었다.

언니네선 1년 2개월을 살고 나왔다. 언니네 집 주변을 알아보다가 언니네 거실에서 바로 보이는 아파트로 독립했다. 물론 언니가 있기에 이 도시에 살게 된 것이긴 하다. 하지만 그 이유 때문만은 아니다. 이 도시를 말할 때

단점으로 부각되는 것들이 어느 면에선 장점으로 느껴져서다. 교통이 불편하다든지, 갖춰지지 않은 것이 많다든지 하는 단점들.

서울과 지하철로 연결되어 있지 않기에 확실히 불편하지만, 나는 이 이유 때문에 이곳에 올 때면 외떨어진 기분이 들어 좋았다. 내 삶에서 끈질기게 이어지고 있는, 그 무엇으로부터 막연히 벗어나고 싶다는 열망을 기분상으로나마 충족시키기에 이 도시만 한 곳도 없으리란 생각이었다. '기분상으로나마'라고 말한 건, 물론 현실은 그렇지 않기 때문에. 10분마다 서울로 가는 버스가 있고, 언제든 함께 밥을 먹을 가족이 지척에 있는 사람이 완벽히 벗어날 수는 없는 노릇이므로.

이것저것 풍족하게 갖춰지지 않은 것 또한 나쁘지 않다. 갖춰지지 않아 모자란 느낌. 싫지 않은 느낌이다. 미니멀리즘에 미련을 못 버리고 있는 나와 이 도시의 모자람이 꽤 어울린단 생각을 한 적 있을 정도다. 어차피 좁은 생활 반경 안에서 큰 자극 없이 단순하게 살아가고 있는 내겐 이 도시의 부족함도 충분하게 다가온다.

혼자 있기의 중수

어느 날, 거실에 서서 창밖을 보는데 여름의 녹음이 창을 뚫고 들어왔다. 창에 바짝 다가서서 공원을 내려다봤다. 집을 구할 때만 해도 뷰 같은 것엔 관심이 없었는데, 막상 구하고 나니 뷰가 좋은 이 집에서 나는 자주 창에 붙어 고개를 숙인다.

창에 붙어 설 때면 공원을 걷는 사람의 수를 세어보기도 한다. 비가 오는 날도, 햇볕이 뜨거운 날도, 밤이 깊어 가는 시간에도, 아니면 소파에 앉으려다가도 시시때때로 창에 다가가 시야에 들어오는 사람의 수를 헤아려보는 것이다. 비가 많이 오는 날 우산을 쓰고 산책하는 사람이 있으면 속으로 와, 멋있다, 탄성도 지른다. 얼마 전에는 새벽 3시쯤 잠에서 깼다가 거실로 나왔다. 지금 이 시간에도 산책을 하는 사람이 있을지 궁금해서. 게슴츠레하게 눈을 뜨고 새벽 3시엔 공원을 걷는 사람이 아무도 없음을 체크하고 방으로 들어왔다. 나는 왜 이런 걸 궁금해할까.

이 집에서의 매일은 공원 산책자를 헤아리는 일과 비슷한 일들로 채워진다. 궁금하면 보거나 읽고, 내가 왜 그걸 궁금해했는지 생각한다. 생각하다 글을 쓰기도 하고, 어느새 잊고는 다른 걸 궁금해한다. 주로 말없이 일어나는 일들이기에 집은 대체로 조용하다. 윗집 아이가 신이 나기 전까진 몇 시간이고 고요하게 시간을 보낼 수 있다. 나는 소리라고는 내가 걷는 소리, 키보드 두드리는 소리, 마우스 움직이는 소리, 책장 넘기는 소리, 냉장고 여는 소리, 가스레인지 켜는 소리뿐이다. 내가 움직이지 않으면 소리가 없는 공간. 이 공간에서 나는 소리 없이, 때로는 소리를 내며 활발히 살아가고 있다. 주로 혼자.

그리고 많은 경우 혼자 있는 걸 기뻐하면서.

내가 혼자 있는 걸 좋아하는 사람이라는 건 20대에 들어서며 알게 되었다. 사람이 싫거나 그들이 주는 자극에 숨이 막히는 건 아니었지만, 내 정신 상태는 혼자 있는 절대적인 시간의 양에 좌우되었다. 충분히 혼자 있지 못하면 불행해지고 만다는 걸 알게 된 후론, 틈만 나면 나를 혼자 두려 했다. 하지만 틈이 잘 나지 않아 자주 혼자 있는 시간을 기다리는 입장이 되었다.

서른 넘어 글을 쓰기 시작한 후, 일을 그만두고 방에 틀어박힐 땐, 그래서 나는 기대감에 차 있었다. 이제 나도 다른 작가들처럼 혼자 있을 수 있겠단 생각에. 내가 책을 통해 알게 된 작가들은 하나같이 혼자 있기의 고수들이었다. 그들은 숲속에 통나무집을 짓고 들어가 살거나, 사회와 단절된 채 정원을 가꾸며 살았다. 혼자 있기 위해 호텔을 전전하기도 하고, 가족과 살더라도 방에서 나오지 않았다. 술집에 고정 자리가 있을 정도로 술과 사교를 즐기던 헤밍웨이도 책을 쓸 때면 인터뷰도 거절하며 두

문불출했고, J. D. 샐린저 같은 작가는 사람들 앞에 일절 나서지도 않았다. 이런 작가들이 내게 말해주는 바는 이거였다. 글쓰기란 철저히 혼자가 되는 일이라는 것. 그렇다면 나도 해볼 만하겠다는 생각이 들었다. 앞으로 두고 봐야 알겠지만, 다른 건 몰라도 혼자 있는 건 잘할 수 있을 것 같았기에.

무턱대고 책을 쓰기 시작한 나는 작가들을 열심히 흉내 내며 방에 제대로 틀어박혔다. 사람 대신 내 생각과 감정을 붙들고 대화하는 방법을 익혀나갔다. 부모님은 거실에 두고 나는 방에서 생활하며 온종일 읽고 썼다. 읽고 쓰다가 고개를 드니 한 달이 지나 있었고, 또 고개를 드니 세 달이 지나 있었다. 가족을 제외한 사람을 이렇게 오래 만나지 않고 지내는 건 처음이었다. 그런데 나는 괜찮았다. 예상대로, 좋았다.

혼자 있는 것도 좋고, 혼자 있는 시간에 하는 일도 점점 좋아졌다. 글을 쓰는 일은 어렵고 힘들었지만, 그래도 좋았다. 방에 홀로 앉아 나는 문장을 바라보았다. 바라보다 고치고 바라보다 고쳤다. 고치면 고칠수록 문장은 나아진다는 걸 배워갔다. 그렇다고 영원히 고치고만 있을 수 없기에 적당한 때 만족해야 한다는 것도 배워갔다. 의자에 엉덩이를 딱 붙이고 거북목을 한 채 문장을 고치다 보면 글쓰기는 재능의 문제가 아닌 것 같아 좋았다.

그보다는 누가 누가 오래 참나의 문제였다. 누가 한 번 더 고칠 것이냐, 누가 이 지루한 고행을 끝까지 포기하지 않을 것이냐, 누가 혼자 있는 고독을 끝내 견뎌낼 것이냐의 문제.

작가가 되기 전에 이런 말을 들었다. 작가가 되기는 비교적 쉬워도 작가로 남기는 매우 어렵다는 말이었다. 작가가 되기도 이토록 어려워 눈물이 나는 마당에 이건 또 무슨 말인가 싶었다. 그런데 글을 쓰고 고치면서 이 말이 무슨 의미인지 조금이나마 이해할 수 있었다. 긴 퇴고의 과정을 거쳐 겨우 건져낸 문장 하나, 문장 둘, 문장 셋. 하루 종일 앉아 이런 문장을 수 개에서, 수십 개, 수백 개 건져내는 작업이 작가에게 의미를 주어야만, 그래서 내일도 오늘처럼 문장을 쓰며 시간을 보내고 싶어야만, 그 사람은 작가로 남는다. 이런 사람만 작가로 남는다.

그래서 나는 작가가 되기 전부터 작가가 되기는 아득해 보이지만 작가로는 오래 남을 수 있겠다는 이상한 생각을 하며 살았다. 문장을 쌓아 올려 글을 하나 완성하는 것에 너무 큰 의미를 느끼고 말았으니까. 하루 종일 문장을 고민하다 침대에 누우면 그날 하루가 더없이 의미 있게 흘렀다는 생각이 들었다. 머릿속이 온통 문장으로 가득 찬 것이 좋았고, 또 좋은 문장이 무엇인지 고민하며 하루를 보내는 게 좋았다. 내가 쓴 문장, 내가 쓸 문장, 내가 쓰고 싶은 문장들이 종일 내 주위를 뱅뱅 맴돌았다. 이 문장들을 어떻게 좀 하려면 노트북 앞에 혼자 앉아 있을 수밖에 없었다. 그렇게 나는 정말이지 남부럽지 않을 만한 집순이로 거듭났다.

집순이 정체성으로 살아온 지도 10년이 넘었다. 가족 외에 아는 사람 하나 없는 경기도 남부 도시에 살게 된 데다 전업작가 생활로 돌아온 바람에 집순이 정체성은 점차 강화되고 있기도 하다. 그럼에도 내가 반했던 작가들처럼 혼자 있기의 고수라는 경지에는 이르지 못한 듯

하다. 절대고독 속에서 자연과 벗하며 핏방울을 떨어뜨리듯 문장을 쓰는 작가들과 달리, 나는 절대고독을 경험해본 적도, 자연과 벗해본 적도, 글을 쓰며 피를 본 적도 없는, 그저 혼자만의 공간에서 하고 싶은 걸 하는 게 좋은 사람일 뿐이니까.

그렇더라도 혼자 있기의 중수엔 이른 듯하다. 그때그때 꽂히는 것들에 궁금증을 발휘하며 하루를 무료하지 않게 보내는 걸 보면. 무료하지 않게 보내는 걸 넘어 재미있게 보내고 있고, 심지어 명랑해지기까지 하는 걸 보면.

캐롤라인 냅의 『명랑한 은둔자』란 책이 있다. 이 세상 수많은 '명랑한 은둔자'들의 자기소개를 대신해주는 책, 우리는 결코 음울하게 은둔하는 것이 아니라 매우 즐겁고 명랑하게 은둔하고 있다는 걸 보여주는 책이다. 책에서 냅은 말한다. "은둔하는데 명랑하다고? 그런 모순이 어딨어! 그건 불가능해! 안타깝게도, 이런 개념을 이해하지 못하는 사람이 많다." 이쯤에서 우리 명랑한 은둔자들은 손을 번쩍 든다. 여기, 그 개념을 너무나 잘 이해하는 사람이 여기 있어요!

사회적 관계에서 어느 정도 떨어져나와 나만의 공간에서 내가 하고 싶은 일을 하며 살아가는 사람. 함께 노는 것도 재미있지만 혼자 노는 게 더 재미있어 열심히 혼자 있으려는 사람. 관계에서 모든 의미를 찾기보다, 혼자 무언가를 하고 그 성취를 맛보는 데에서 의미를 찾는 사람. 내가 생각하는 '명랑한 은둔자'는 이런 사람이다. 은둔자라는 말이 너무 어두침침하게 느껴진다면 집순이라 해도 좋다. 나는, 명랑한 집순이. 어쩌면, 당신도?

단출한 관계

내가 '혼자 있기의 중수'가 되었다는 소문을 듣는다면 놀랄 사람들이 있을 듯하다. 엄청난 사교성을 발휘하며 살아오진 않았지만, 나름의 사교성으로 사람들과 두루두루 잘 지내긴 했었으니까. 무엇보다 사람들과 나누는 스몰토크를 나는 매우 좋아했다(지금도 좋아한다). 쿵짝이 잘 맞는 사람을 만나면 하루 종일 수다를 떨어놓고도 헤어지는 게 그렇게 아쉬울 수 없었다. 전업작가로 일하며 가장 그리운 것도 마음 맞는 사람들과 시시껄렁한 농담을 하며 서로를 웃겨주던 시간이다.

이런 관계들로부터 서서히 떨어져나오게 된 건, 서른 초반이 지나면서였다. 술 한잔 할래? 어디 놀러 갈래? 누군가와 약속을 잡기 위해 이렇게 묻는 일이 점점 줄었다. 지금 생각해보면 여러 타이밍이 적절히 맞물린 결과였던 것 같다. 학교와 회사로 이어지던 단체에서 벗어나니 자연스레 연락할 사람이 줄기도 했고, 날다람쥐처럼 뛰어놀던 친구들도 삶의 온도를 낮추며 결혼과 육아 생활로 진입했으며, 그렇지 않은 친구나 지인이라도 가볍지 않은 삶의 문제들로 각자 바빠졌으니까. 나 역시 글을 쓴답시고 전보다 관계에 마음을 쓰지 못했다.

서른 중반을 넘어서면서는 관계의 잔가지들도 거의 다 떨어져나갔다. 온라인에선 안부를 주고받더라도 오프라인에서 목소리를 주고받진 못했다. 처음엔 이 인연들을 붙잡고 싶었다. 좋아하던 인연이었으니까. 그래서 연락이 오면 되도록 모임에 나가려 했다. 그러다 어느 순간부터는 핑계를 대고 나가지 않았다. 반나절의 나들이가 끼칠 후폭풍이 걱정되어서였다. 아무리 유쾌한 만남이라 해도 이후의 시간까지 매번 유쾌하지는 않았다. 사람을 만나고 돌아오면 어쩔 수 없이 내 상황을 객관적인 눈으로 보게 됐다. 적어도 며칠은 사회적 기준이 내 기준을 덮쳤다. 그럴 때면 내가 하는 일을 의심하게 됐다. 내 기준을 붙들기 위해, 나와 내 일을 보호하기 위해 더 혼자가 되어야 할 것 같았다.

오랜 친구들과의 만남이라고 해서 후폭풍이 없는 건 아니었다. 친구들과 수다를 떨다 보면 문득 외로워질 때가 있었다. 이제 얘네들과 나 사이엔 교집합이 없구나. 나의 현재를 나눌 수가 없구나. 친구들이 회사 생활의 고충과 결혼 생활의 어려움을 털어놓을 때, 나도 나의 고충을 말해보고 싶을 때가 있었다. 나를 나누고 싶어서. 하지만 글을 쓸 때 단문과 장문을 잘 섞어 쓰고 싶은데 그게 너무 어려워 괴롭다는 말을 과연 누가 들어줄까.

나의 현재는 한마디도 나누지 못한 채 집으로 돌아오면 갈급한 마음으로 책을 찾아 읽었다. 글을 써서 좋은 점은, 책만 펴면 같은 처지의 사람을 수두룩하게 만날 수 있다는 데 있었다. 장문을 두 개의 단문으로 쪼갤지 말지 고민하고, 부사를 넣을지 말지 하루종일 고민하다 결국 결정은 내일로 미루고, '것 같다'를 '듯싶다'로 바꾸었다가 다시 '것 같다'로 바꾸는 사람들. 이들의 조용한 좌충우돌을 엿보다 보면 다시금 세상과 가는 연결이 생긴 듯해 외로움을 잊을 수 있었다.

그때의 나는 안톤 체호프의 단편 「쉿!」에 나오는 삼류작가 크라스누힌처럼 우스꽝스러워 보였을까. 책 한 권 내지 못해 작가로 불리지도 못하는 사람이 무슨 대단한 일을 한다고 어깨에 힘을 잔뜩 주고서 모니터만 노려보고 있었으니. 소설에서 크라스누힌은 세상의 온갖 짐을 짊어진 사람처럼 고통스러워하며 글을 쓰는데, 나도 내 인생 정도는 짊어졌기에 진지해질 수밖에 없었다. 더더군다나 태어나 처음으로 무언가를 좋아하게 되었고, 그래서 잘하고 싶어진 참이라 진지하지 않을 수가 없었다.

어쩌면 그때의 나는 크라스누힌처럼 세상을 향해 '쉿' 하고 싶었던 건지도 모르겠다. 그처럼 노골적으로 정말 '쉿' 소리를 내며 주변 사람을 괴롭히진 않았지만, 나와 세상 사이에 막을 쳐놓고 가능하면 그 막 안으로 소음이 들어오지 못하도록 애를 쓰고 있었으니. 쉿, 여러분 조용히 해주세요. 저에 대해서 아무 말도 하지 말아주세요. 당신이 하려는 말은 나도 다 내게 해본 말이랍니다. 그럼에도 불구하고 저는 이렇게 살고 있는 거예요. 놀라우시겠지만 정말 그래요. 그러니, 모두, 쉿.

그렇게 아무도 모르게 '쉿' 하며 관계에서 한참 떨어져 나와 책을 읽다 보면 이런 문장을 만나게도 됐다. "나는 30년 동안 매일 약 열 시간 이상 방에서, 책상 앞에 앉아 글을 썼습니다." 산문집 『다른 색들』에서 오르한 파묵은 노벨문학상을 받으려면 이 정도로 세상사를 지겨워해야 하나 싶게 책 읽고 글 쓰는 일에서만 행복을 찾고, 그 외의 일들엔 관심을 두지 않았다. 어쩔 수 없이 밖에 나가 사람을 만나거나 관심도 없는 대화를 들어야 할 때는 "한낮에 잠이 옵니다"라고 고백할 정도였다. 읽고 쓰는 일에서 멀어진 그에게 "유일한 위안은 한낮에 깜짝 잠에 드는 것"이라면서.

관계에 미련을 두지 않은 채 그저 방에 틀어박혀 행복에 겨워하는 작가들의 이런 글을 읽을 때면, 나도 관계에 대한 고민과 감정에서 벗어나 나를 단순하게 바라볼 수 있게 되어 좋았다. 나도 그저 집에서 책이나 읽고 글이나 쓰는 게 좋은 사람일 뿐이라고. 단지 그것뿐이라고. 이렇게 생각하면 마음도 가벼워지고 생각도 정리됐다. 좋아하는 일이나 계속 좋아하면 되겠다고.

그때로부터 많은 시간이 흘렀지만 나는 여전히 단출한 관계 속에서 살고 있다. 떨어져나간 관계의 잔가지들은 흔적만 희미하고, 그 주변으로 굵은 가지 몇 개가 시원하게 뻗어 있으며, 운 좋게 새로운 가지가 몇 개쯤 자라나고 있기도 하다. 나의 굵은 가지 친구들이 말하길, 그들의 삶에도 지나간 인연 뒤로 새롭게 시작되는 인연과 공고한 인연이 한 손, 또는 양손에 꼽을 만큼 자리 잡고 있다고 한다. 친구들 말을 들으니, 내가 글을 쓰는 삶을 택해 관계가 단출해진 게 아니라 나이가 들어가다 보면 누구나 주변을 가볍게 정리하게 되는 건지도 모르겠다.

단출한 관계는 변함없지만, 그사이 나는 조금 변했다. 크라스누힌처럼 한껏 힘이 들어갔던 몸에선 힘이 많이 빠졌다. 요즘은 예전처럼 하루 종일 글만 생각하지 않고 때론 글과 적당한 거리를 두려고도 한다. 어차피 계속 쓸 거니, 단거리 달리기 선수처럼 온몸에 바짝 힘을 주는 대신 조깅하듯 주변 경치를 구경하며 몸에서 힘을 뺀 채 글을 대하고 있다. 사람들과 만날 때도 조금 더 여유로워졌다. 날 보호해야 한다는 일념에서 벗어나, 이렇게 만나 두런두런 이야기 나누는 시간이 좋다는 생각을 할 뿐이다.

그렇다고 관계의 잔가지를 마구마구 늘어뜨릴 생각은 없다. 대신 공고한 인연을 새로운 방식으로 이어가려는 시도는 해보고 싶다. 얼마 전엔 한 친구와 연말 여행을 계획했다. 친구는 친구와 여행한 적이 한 번도 없다는 말로 나를 놀라게 했는데, 그렇다면 내가 친구와 여행하는 첫 친구가 된다는 말이었다. 부산이든 경주든, 어디든 가자고 우리는 말했다. 겨울에 만날 약속. 이 약속 하나가 앞으로의 몇 개월을 풍요롭게 만들어줄 것 같다.

타인이란 존재

회사에 다닐 때 출장을 싫어했다. 자주 가는 건 아니었지만 첫 기억이 좋지 않아 가능하면 출장만은 안 갔으면 하고 바랐다. 내가 가장 못 견디던 건, 잠자는 시간만 빼고 회사 동료들과 모든 시간을 함께해야 한다는 사실이었다. 하루, 이틀, 일주일까지는 참을 수 있었다. 하지만 한 달, 두 달이 넘어서자 타인이란 존재 자체에 나는 정신적인 경기를 일으켰다.

독일 뒤셀도르프로 출장을 갔을 때였다. 커다란 주유소만 달랑 있는 주택가에 회사 건물이 있었다. 독일 지사에서 우리에게 내어준 사무실은 단 하나였다. 열다섯 명 가량의 성인이 사무실 벽을 따라 다닥다닥 붙어 앉았다. 고개를 들면 맞은편에 동료가 있었고, 고개를 돌리면 좌우 옆자리에 동료가 있었다. 우리는 한 뭉텅이가 되어 움직였다. 같은 차를 타고 출근했고, 같은 아침과 점심과 저녁을 먹었으며, 같은 시간에 퇴근했다.

그렇게 몇 주가 흐르자 우리는 서로를 숨 막혀하기 시작했다. 오래된 연인처럼 동료의 말 한마디, 행동 하나에 발끈했다. 평소 사이좋던 남자 선배 둘이 말을 안 하기 시작했다. 나 역시 단짝 친구나 다름없던 동료와 긴 냉전에 돌입했다. 새벽 퇴근 후 호텔 방에 들어서면 아무리 피곤해도 바로 잠에 들지 않았다. 혼자 있는 시간이 단 30분이라도 필요했다.

출장을 마치고 한국으로 돌아온 나는 한동안 철저히 혼자가 되었다. 파티션이 솟은 책상에 앉아 오로지 일에만 몰두했다. 동료들과는 거의 말을 섞지 않았고, 점심시간에는 밥도 먹지 않고 회사 밖으로 나갔다. 이렇게 2주 정도 최선을 다해 혼자인 시간을 보내고 나서야 다시 동료들과 눈을 맞추고 이야기를 나눌 수 있었다. 타인을 마주하는 힘은 타인에게서 완벽히 벗어난 시간을 통해 만들어진다는 것을 알게 되었다.

아침의 리듬

첫 회사를 그만둔 지 10년도 넘었지만 최근 이런저런 인터뷰에 인터뷰이로 나서면서 그 시절에 관한 질문을 받곤 한다. 한번은 이런 질문을 받았다. 퇴사하고 정말 기분 좋으셨죠? 10년이란 긴 세월을 뛰어넘어 어딘가 떨구어져 있을 기억의 조각을 힘겹게 찾아 헤맬 필요 없이 나는 바로 고개를 저으며 대답했다. 그렇게 막 좋지는 않았어요. 아무래도 미래가 막막했으니까요. 예상하지 못한 대답이었는지 인터뷰어가 살짝 눈썹을 치켜올리는 걸 보며 나는 이어 말했다. 그래도 물론 좋긴 했죠. 인터뷰어의 눈썹이 미세하게 내려가는 것을 보며 속으로 그다음 말도 이었다. 아무렴, 무려 퇴사를 했는데 기분이 안 좋을 리가 있나요. 퇴사란 기본적으로 더 좋으려고 하는 거잖아요.

이번 퇴사 땐 그때보다 더 가뿐한 기분이었다. 고기도 먹어본 놈이 잘 먹는다고, 퇴사 한두 번 해보는 것도 아니고 미래 한두 번 막막해한 것도 아니기에, 비교적 담담한 마음으로 비직장인의 삶을 맞이할 수 있었다. 무엇보다 내가 가장 바라던 걸 다시금 손에 쥐었으니 나는 매우 기뻐해야 마땅했다. 내 삶으로 다시 들어온, 출근 없는 아침!

얼마 전 어느 북토크에선 이런 질문을 받았다. 전업작가 생활의 가장 큰 장점은 무엇인가요? 이번 역시 생각할 필요 없이 바로 미소를 지으며 대답했다. 출근 안 하는 거요. 질문한 분도, 사회자분도 내 대답에 웃어주긴 했지만, 그 웃음의 틈새에선 에이, 겨우 그게 다야? 하는 기색이 엿보였다. 더 의미심장한 대답을 원한 걸까. 뭔가 글쓰기와 관련된 작가다운 대답을? 전업작가 생활의 장점이야 한두 개가 아니니 다른 장점도 말해볼까 하다가 나는 처음 한 대답을 밀고 나가기로 했다. 그러니까 전업 작가인 저에게 왜 출근 안 하는 게 가장 큰 장점이냐 하면요.

어릴 적부터 아침 기상이 힘들었다. 아침마다 뛸 듯이 기뻐하며 일어나는 사람은 없겠지만, 나는 매번 고비를 넘기듯 일어나야 했다. 인간은 적응의 동물임을 모르는 바 아니나 나는 이른 기상엔 적응하지 못한 동물이다. 사람마다 안 되는 건 안 되는 거라는 걸 아침 기상 때문에 알게 되었다. 나는 쉽게 하는 일을 누군가 잘 못하고 있을 땐 저걸 왜 못하지 싶다가도 아침마다 내가 겪는 고통을 떠올리면 금세 이해의 폭이 하해와 같이 넓어졌다.

잘 일어나질 못하니, 이른 아침부터 어딘가에 꼬박꼬박 도착하는 일은 매번 고역이었다. 중고등학교 시절 땐 엉망진창인 바이오리듬으로 깨어나 헐레벌떡 집을 뛰쳐나가기 일쑤였다. 대학생이 되어서야 시간표에서 1교시를 최대한 비우며 숨을 돌릴 수 있었지만, 직장인이 되면서는 다시 아침이 엉망진창이 되어버렸다.

이렇게 써놓으면 아침잠이 눈 뜨고 볼 수 없을 만큼 많아 보일 텐데, 그렇진 않다. 보통 7시 30분에서 8시 30분 사이에 일어난다. 여기서 더 늦게 일어나면 몸이 무거워지고 마음도 찝찝하다. 늦게 일어난 날은 이상하게 더 게을러지기도 한다. 그러니까 출근 시 기상 시간인 6시에서 두 시간만 더 자고 일어나면 내 아침은 엉망진창이 되지 않는 것이다. 직장인에게 아침 30분은 금은보화와도 바꿀 수 없을 만큼 가치 있는 것이므로 두 시간이면 감히 그 가치를 따지기도 어려울 듯 보이지만, 한편으론 왜 아침마다 시간을 이토록 귀하게 여겨야 하는지에 대해선 국민 대토론을 해보고 싶은 심정이다.

6시에 일어나야 그나마 여유롭게 통근 버스를 탈 수 있을 때도 나는 절대 6시에 일어나지 못했다. 금은보화와 바꿀 수 있을 만큼의 가치인 30분을 더 자고 겨우 일어났다. 눈을 뜬 순간부터는 5분마다 세상을 향한 원망의 크기가 기하급수적으로 커졌다. 물론 자아비판도 뒤따랐다. 그놈의 30분, 왜 30분을 일찍 일어나지 못해서 매일 이 사달이 나야 하는가. 배고픈 건 싫으니까 대충 몇 숟갈 뜬 후 급히 집을 나가 미친 듯 달리지만, 통근 버스는 오늘도 미련 없이 눈앞에서 떠나간다.

어른이 되어도 아침잠을 해결하지 못하는 날 보며, 나는 내가 선택하지 않은(못한) 직업들을 가슴을 쓸어내리며 생각하곤 했다. 중학교 때 잠깐 기자를 꿈꾼 적 있는데, 언젠가 기자의 대중없는 취침, 기상 시간을 듣고선 이 세상에서 내가 절대 발을 담그면 안 되는 직업이 있다면 그건 기자라고 매우 단호히 생각했다. 병원을 배경으로 하는 드라마를 볼 때면, 피가 흥건한 수술 장면이나 하라는 일은 안 하고 권력 암투나 벌이는 인물들을 볼 때보다 의사들이 자다가 삐삐 소리에 깨는 모습에 더 눈살을 찌푸렸다. 원래 될 생각도 없었고 되고 싶다고 해도 되지 못했을 테지만, 그럼에도 의사가 안 돼서 얼마나 다행인가, 살면서 다섯 번은 생각해본 것 같다. 그런 의미에서 아이돌이 안 된 것도 천만다행이다. 새벽 촬영이 이어지는 인기 아이돌이 됐으면 어쩔 뻔했어.

이른 기상뿐 아니라 아침을 허겁지겁 시작하는 것도 버거웠다. 정신 하나 없이 씻고 먹고 입고 출근해야 할 때마다 삶을 향한 기대나 희망이 절로 꺾였다. 출근 준비를 하는 것뿐인데 이미 하루치 에너지를 다 써버린 기분. 아직 잠에서 깨지 못한 영혼을 등짐 지듯 이고 회사에 들어설 때면 나와 같은 처지인 사람들의 등이 보였다. 비슷비슷한 등들이 자기 자리를 향해 걸어갔다.

그래서 오랜만에 다시 아침 출근을 하게 되었을 땐 나답지 않게 새벽 5시에 일어나봤다. 어차피 일찍 일어나야 할 거 한 시간 더 일찍 일어나 여유롭게 하루를 맞이하고 싶어서였다. 일어나 커피를 마시며 책을 읽기도 했고, 조깅을 하기도 했다. 어둑한 새벽을 가르며 달리는 기분이 나쁘지 않았다. 이렇게만 살면 엄청난 성공까진 아니더라도 그런대로 작은 성공은 몇 번 경험할 수 있을 것 같은 기분도 들었다. 하지만 딱 한 달 해보고 이건 아니라며 알람을 삭제했다. 하루 종일 기운이 없고 졸린 것까진 이겨내보려 했는데, 운전 중 정지 신호 앞에서 깜빡 졸다가 화들짝 깨고 나선 새벽 기상을 접는 것이 생명을 유지하는 길이라 생각했다.

세계 최고의 자산가나 리더들은 새벽 5시에 일어나 전 세계 조간신문을 훑으며 누군가는 평생을 가도 얻지 못할 통찰을 한 시간 만에 얻는 것도 모자라, 느긋한 아침 식사와 명상, 운동까지 8시 전에 끝낸다고 하지만, 그건 내 삶이 아니다. 그 사람이 그렇게 할 수 있는 건 그 사람이기 때문. 그리고 수천 권의 인세에 버금가는 월급을 포기해놓고서는, 고작 두 시간을 더 자고 일어나게 되어서 너무 좋다고 떠들 수 있는 건 내가 나이기 때문.

그러니 다시 답해보겠다. 내가 생각하는 전업작가 생활의 가장 큰 장점은 아침을 내 몸이 원하는 리듬으로 시작하는 것에 있다. 침대에서 억지로 몸을 일으킬 필요 없고, 헐레벌떡 뛰어나갈 필요 없다. 7시 30분 알람이 울리면 10분에서 20분 정도 뒹굴거리다 일어날 수도 있고, 만약 다시 잠든다면 8시 알람을 듣고 다시 정신 차리는 시간을 보낸다. 몸과 영혼이 적당히 타협해 함께 침대에서 내려오면, 하루가 시작된다.

침대에서 몸을 일으킨 시간부터 글을 쓰러 방에 들어

가기 전까진 여유로운 시간이 이어진다. 간단한 아침과 독서로 정신을 깨우고, 아침을 다 먹으면 커피를 마시며 책을 마저 읽는다. 오늘은 몇 시부터 글을 쓸까. 그날의 컨디션에 따라 시간이 달라지는데 대체로 9시에서 10시 사이엔 서재로 들어간다. 서재에 앉을 때, 나의 에너지는 내 안에 그대로 있다.

가끔 기상 시간을 물어보는 분들이 있다. 8시 정도라고 답한다. 상대방은 내 대답에 놀란 듯 말한다. 생각보다 일찍 일어나시네요. 프리랜서는 더 늦게 일어날 줄 알았어요. 작가님, 성실하신가 봐요.

성인이 되어서도 지각 걱정을 하며 아침을 맞던 내겐 매우 놀라운 평가였다. 이런 평가를 몇 번 더 받고 보니, 사람마다 맞는 자리가 있음을 확실히 알게 되었다. 자신에게 맞는 자리에 가면 30분 때문에 통근 버스를 놓치던 한심한 사람에서 시간 통제에 능숙한 성실한 사람이 되는 것이다. 다른 곳에서보다 더 괜찮은 사람으로 살아갈 수 있는 자리가 분명 있는 것 같다.

독립의 즐거움

앞의 글 '내가 있는 곳'에서 나는 언니네 거실에서 보이던 아파트로 들어가게 됐다고 스쳐 지나가듯 말했다. 마치 독립이 집 앞 마트에 가듯 호들갑 떨 일은 아니라는 듯이. 언니네 집으로 들어갈 때부터 1년 후의 독립을 기대하며 가슴 설레지 않았다는 듯이. 아파트 계약서에 도장을 찍었을 때 씰룩이던 입술이 내 입술이 아니었다는 듯이.

독립이 별일 아니라는 듯 말한 건, 이 글을 쓰기 위해서였다. 여기저기에서 호들갑을 떨긴 뭐하니까 여기에서만 집중적으로 떨기 위해. 그러니 딱 한 번만 독자분들을 향해 크게 외치고 싶다. 여러분, 저 독립했어요! 독립!

드디어 혼자 살게 되었다. 20대 중반부터 바라던 독립이 서른 넘어 시작된 '삶을 향한 여정(이제부턴 누가 뭐라 하든 내가 원하는 삶을 살겠다며 작가가 되었고, 작가가 되겠다고 결심한 순간부터 사실상 기나긴 백수의 삶으로 돌입하게 된 여정)'으로 가로막힌 바람에, 마흔이 넘어서야 수천 권의 인세에 버금가는 월급 수령에 힘입어 독립할 수 있게 된 것이다. 여기에 더해 '삶을 향한 여정'이 헛되지 않았다는 듯 뜻밖에 소설가로 데뷔하게 되면서 공원 뷰까지 얻게 되었다.

생각해보면 독립을 향한 내 염원은 어린 시절부터 시작되었던 것 같다. 내 안에 의견이 싹트고 관점이 생기고 주장이 커지던 무렵부터. 아직은 내가 어떤 세계를 원하는지 모르지만 부모님이 보여주는 세계에선 더는 흥미를 느끼지 못하던 무렵부터. 그게 무엇이든 나로부터 시작되는 것들로만 내 세계를 채우고 싶다는 바람이 생긴 때부터.

이러한 바람은 형체 없이 내 안에 머물다가 20대 중반부터 흐릿하게나마 형체를 보여주었고, 이후 서서히 선명해지다가 30대 후반부터는 윤곽이 뚜렷한 형체로 방문 앞을 지키고 서서 사라질 기미를 보이지 않았다. 방문 앞에 대쪽같이 서 있는 바람은 성마른 눈빛으로 나를 바라보았다. 언제까지 그렇게 살 거냐고 묻듯이.

K-나이별 퀘스트 깨기에 둔감한 편이라, 이 나이엔 이걸 해야 해, 하고 스스로를 몰아붙이며 살아오진 않았다. 뜨거운 물엔 몸을 담글 엄두를 못 내듯, 나이별 퀘스트 깨기는 내게 불가능한 일처럼 보였다. 도대체 언제까지 주어지는 퀘스트이고, 마지막 퀘스트까지 무사히 깬들 행복할까.

사회가 나이별로 깨라고 제시하는 것들이 깨고자 하는 욕구를 매번 불러오지도 않았다. 남들만큼은 깨야 한다는 생각에 엉뚱한 걸 깨버리면 어쩌나 걱정도 컸다. 애초에 불가능해 보이기도 했고 깰 필요도 느끼지 못했으므로, 힘들여 깰 필요는 없었다.

그럼에도 마흔쯤 되면 홀로(독), 서야(립) 한다는 생각은 오래도록 해왔다. 나 혼자만의 퀘스트라고 볼 수 있었다. 마흔이 되면 모든 형태의 홀로서기에 익숙해지고, 때론 버겁더라도 감당하고 또 때론 즐길 줄 알아야 한다는 생각에서였다. 그런데 나는 그러고 있지 못해 마음에 걸렸다. 부모를 떠나야 할 때 떠나지 못해 나의 여러 부분이 덜 자라게 되었는데, 그 부분들을 명확히 볼 수 없어 아쉬웠다.

아쉬움이 이것뿐일까. 혼자 살고 싶다는 건 좀 내 마음대로 살고 싶다는 뜻이다. 9시면 잘 준비를 하는 부모와 산다는 건 밤에 편의점에 가는 것도 하나의 사건이 된다는 말이다. 현관 중문을 여는 순간, 놀란 엄마가 뛰어나와 눈을 동그랗게 뜨고 묻는다. 왜, 너 어디 가? 무슨 일 있어? 나는 그저 영화를 보다가 맥주 생각이 간절해졌을 뿐이고, 귀찮음을 이겨내며 사러 나가려던 것뿐이건만.

나는 부모님에게 거짓말을 하며 살고 싶진 않았지만, 이런 순간엔 거짓말을 할 수밖에 없다. 어디 가느냐고 묻는 엄마에게 맥주를 사러 가는 길이라고 대답한다면 엄마는 뭐라 할까. 이 '야'밤에 무슨 술이냐며 내 등을 방을 향해 떠밀지 않을까.

그래서 나는 어쩔 수 없이 어디 넣을 데도 없는 건전지 운운하며 집을 나선다. 이런 마흔의 삶. 그 누구도 꿈에 그리지 않던 삶일 것이다. 그래서 난, 수많은 자식이 그러듯, 독립을 꿈꿨다. 밤에 영화를 보다가 맥주가 당길 때 편의점에 가는 일이 누군가의 걱정을 사는 일이 되지 않기 위해. 그리고 드디어 이뤘다. 기쁘게도.

혼자 살게 되니 예상했듯 나의 덜 자란 부분들이 일상에 우수수 떨어졌다. 주로 살림에 관한 것들이었다. 뭐 하나 제대로 아는 게 없었다. 부끄럽지만 종량제 봉투도 처음 사봤고, 음식물 쓰레기를 탁월하게 처리하는 방법을 알아보는 것도 처음이었다. 분리수거 A to Z를 이제야 어설프게나마 마스터했고, 욕실 부문별 청소 방법도 유튜브와 블로그를 오가며 심혈을 기울여 터득했다. 내 방 하나, 내 몸 하나 건사하던 삶에서 더 넓고 많은 것을 건

사하는 삶으로 넘어온 것이다.

그런데 넘어오고 보니, 그렇게 어렵지 않았다. 처음엔 복잡해 보이던 것도 알고 나면 간단한 것들이었다. 건사 방법을 아니 머리가 아닌 몸을 쓰며 차례대로 건사하면 됐다. 어차피 내 일이라 생각하면 크게 귀찮지도 않았다. 택배 상자는 바로바로 정리해서 쌓아놓고, 쓰레기가 나오면 즉시 분리수거 박스에 던져놓고, 빨래는 소량 급속 모드를 이용해 오래 묵히지 않고, 설거지는 하루에 한 번 하고, 물티슈는 한번 뽑으면 뽕을 뽑는 의미로 이거저거 다 닦고. 이런 식으로 툭툭 움직이다 보면 어느새 집은 깨끗해졌고, 냉동고엔 소분한 밥이 3단으로 쌓였다.

독립하고 보니 나는 생각보다 더 독립에 적합한 인간이었다. 홀로, 서기에 수반되는 자잘하면서도 필수적인 노동에 물 흐르듯 스며들어 평생을 혼자 살아온 사람처럼 살림을 꾸려가는 걸 보니 그렇다. 살림은 어려운 일이 아니라 시간이 드는 일이었다. 일시적인 일이 아니라 끊임없이 이어지는 일이었다. 살림은 공간에 질서를 부여하는 일이기도 했다. 그리고 홀로 선 나는, 공간에 질서를 부여하는 일에 탈 없이 적응했다.

공간을 내 마음대로 꾸밀 수 있어 특히 좋다. 혼자 살게 된다면 되도록 집에 뭘 들이지 않을 생각이었다. 필요한 것만 있고 거추장스러운 건 없는 공간. 군더더기 없이 깔끔한 공간. 이 공간에 분위기와 낭만 한 스푼 정도만 얹고 싶었다.

책이 있으니 책장이 필요하고, 밥을 먹거나 글을 써야 하니 테이블이 필요하다. 기대어 쉬어야 하니 소파가 필요하고, 잠을 자야 하니 침대가 필요하다. 여기에 아침을 위해 커피 머신을 들이고, 밤을 위해 조명을 놓는다. 필요와 낭만을 위한 물건들만 갖추어 놓기. 꽉 차지 않아 여유로운 공간을 보면 마음도 덩달아 여유로워진다.

밤 분위기도 마음에 든다. 형광등은 끄고 조명으로만 집을 밝힌다. 깨끗하게 정돈된 집이 조명 아래에서 분위기를 뽐낸다. 조명을 받으며 소파에 앉아 책을 읽어도 좋고, 테이블로 자리를 옮겨 어제 보다 만 영화를 이어 봐도 좋다.

자기 전까지 두세 시간. 내가 만든 분위기 속에서 내가 하고 싶은 것들만 하다가 잘 수 있다는 이 소소하면서도 커다란 만족. 낮은 조도의 조명 아래에서 움직이다 보면 마음속 어딘가에서 불현듯 벅찬 감정이 몰려온다. 이런 게 행복일까. 그렇다면 나의 행복은 나의 시간과 공간이 나의 느슨한 통제하에 있다는 것에서 비롯된 듯하다. 독립하길 잘했다.

혼술이 좋다

일본 드라마 〈와카코와 술〉을 볼 때면 주인공 와카코가 세상에서 제일 행복한 사람으로 보였다. 회사에서 손이 안 보일 정도로 열심히 일하는 이유가 빨리 퇴근해 술을 마시기 위해서인 와카코는 퇴근 후 술집을 그냥 지나치지 않는다. 마음에 드는 술집에 들어가 술과 안주의 완벽한 조화를 따져가며 혼술을 하는 게 그녀 삶의 낙이기 때문이다.

"술 맛을 아는 혀를 가지고 태어났기에 오늘 밤도 술 마실 곳을 찾아 헤매노라"라고 말하는 와카코가 술을 마시는 장면을 볼 때면 나도 "캬~" 외치고 싶었다. 안주가 입안에 남아 있을 때 맥주를 들이켜고, 맥주가 입안에 남아 있을 때 안주를 먹는, 이 끊을 수 없는 매력에 빠져 결코 손에서 맥주잔을 놓지 못하는 그녀를 보면서는 나도 그날 마실 맥주 브랜드를 떠올렸다. 같이 저녁을 먹자는 친구의 메시지에 생각해볼 것도 없이 "안 돼" 하고 답장을 보내곤 술을 들이켜는 그녀를 보면서는, 나도 그날 꼭 혼자 술을 마시리라 나 자신과 약속했다. 술을 마시던 와카코가 "오늘도 맥주가 술술 넘어가네" 속엣말 하며 행복해하는 모습을 이해 못 할 혼술러가 있을까.

혼술을 좋아한다. 혼자 술을 마시는 맛이 있다. 꼼꼼히 따져 고른 세계 맥주를 준비하고, 그날그날의 기분에 따라 영화나 예능을 고른다. 술을 마실 땐 복잡한 생각을 요구하지 않는, 보고 있는 것만으로도 마음이 좋아지는 영상을 고른다. 영화라면 〈윤희에게〉 같은, 예능이라면 〈텐트 밖은 유럽〉 같은. 영상이 시작되면 캔을 딴다. 영상을 보며 맥주를 길게 들이켠다.

술을 마시면 마음이 헤실헤실 풀어진다. 세상이 조금

분홍빛이 된다. 세상을 한껏 낙관하게 돼 이 세상이 점점 좋아지고 있다는 확신까지 든다. 제대로 풀어진 채 내가 원하는 속도로 술을 마시고 또 마신다. 홀짝홀짝. 혼자 술을 마시므로 얼굴이 얼마나 벌게졌는지, 혀가 얼마나 꼬부라졌는지, 혹 지금 말실수를 하고 있지는 않은지, 지금 내 사고체계가 얼마나 엉망이 됐는지 걱정할 필요는 없다. 그저 술기운에 나를 맡긴 채 즐기면 된다. 맥주가 온몸으로 퍼져 취기가 확 오르면, 지금이 정말 좋다, 하고 생각한다.

나를 위한 요리

내 손으로 내 입에 들어갈 음식을 처음 만들어본 나이는 서른이었다. 대책 없이 퇴사를 한 후 영어 공부 외엔 할 일이 없던 때였다. 학원에 다녀와 모니터 앞에서 미국 드라마나 뉴스를 틀어놓고 큰 소리로 혀를 굴리다 보면 목구멍이 컬컬해졌다. 이제 공부는 그만하고 먹을 걸 좀 만들어보라는 신호. 목을 가다듬으며 부엌으로 나와 학원에서 돌아오다 사 온 식재료를 손질했다. 레시피가 시키는 대로 재료를 썰고 양념을 만들고 재료와 양념을 섞어 볶거나 끓였다. 시키는 대로만 했는데도 짬뽕에선 짬

뽕 맛이 났고, 순대볶음은 정말 순대볶음이었으며, 잔치 국수는 시원했고, 심지어 오이김치도 정말 오이김치였다.

일주일에 두세 번, 마음이 동할 때마다 먹고 싶거나 한 번 해보고 싶은 음식을 만들었다. 엄마가 일부러 가르쳐주지 않던 것들을, 어차피 결혼하면 하기 싫어도 하게 될 테니 미리 발 들이지 말라며 가르쳐주지 않던 것들을, 그러니까 음식 재료를 고르고 육수를 만들고 간장과 소금과 액젓으로 간을 보고 또 진지하게 맛을 보는 일련의 부엌일을, 나는 혼자 깨쳐갔다.

간 좀 봐달라고 숟가락을 건넬 때면 엄마의 표정은 여러 개가 됐다. 부엌일엔 도통 관심 없던 둘째 딸이 요리 하나를 뚝딱 해내는 게 신기하다는 표정이다가, 원하는 삶을 살겠다며 회사까지 때려치우더니 도대체 얘가 여기서 뭘 하는지 묻고 싶은 표정이다가, 지금껏 그래왔듯 딸의 아주 작은 재능이라도 들춰내 칭찬을 해줘야 하는지 난감해하는 표정이 되었다. 여러 개의 표정으로 맛을 본 엄마는 언제나 맛있다고 했다. 맛있다면서 소금이나 간장을 더 넣으라는 조언도 아끼지 않았다.

내가 스스로 부엌에 들어가지 않는 한 엄마는 내게 먼저 밥을 차리라 하지 않았다. 요리에 관심이 생긴 딸을 쿡쿡 찔러 본인이 좀 편해보고자 할 수도 있을 텐데, 엄마에겐 그럴 마음이 전혀 없는 듯했다. 오늘 저녁은 내가 할게, 하면 엄마는 그럴래? 하고는 소파에 누워 텔레비전을 봤다. 딸이 차려준 밥을 먹고 설거지는 본인이 했다. 내가 하겠다며 싱크대 앞으로 몸을 들이밀어도 엄마는 기어코 밀치며 저리 가라고 했다. 엄마가 거쳐온 세계에서 부엌일은 다른 모든 일의 대립항 같았다. 이 일에 손을 댔다간 큰일 나는 것이다. 다른 모든 일을 손에서 놓아야 하니까. 엄마에게 부엌일은 딸이 가진, 또는 딸이 꿈꾸는 무한한 가능성을 앗아가는 것이었을까. 그렇기에 딸이 요리에 가진 관심이 그리 달가운 게 아니었을까.

만약 그랬다면, 엄마가 걱정할 필요는 없었다. 요리를 향한 내 관심은 먹고 싶은 걸 내 손으로 어디까지 만들어 먹을 수 있는지에 국한되어 있었으니까. 레시피를 보며 하나씩 만들어보는 시간은 재미있기도 했다. 먹고 싶은 걸 푸짐하게 만들어 가족에게 대접하고, 가족이 맛있게 먹어주면 기분도 좋았다. 쿠키를 구워 출근길에 싸주기도 하고, 식빵을 구워 퇴근하고 온 가족에게 썰어 내주기도 했다.

요리를 할 때마다 성취감이 쌓여가는 점도 마음에 들었다. 할 수 있어, 할 수 있어, 백날 되뇌어도 할 수 없겠다는 생각에서 빠져나오지 못하는 사람들에게 요리를 추천해주고 싶을 정도였다. 요리는 과정을 절대 배반하지 않아서 레시피대로만 하면 떡볶이가 나오고 초코칩 쿠키가 나왔다. 요리를 하나 할 때마다 자기효능감이 쑥쑥 크기를 키웠다.

1년쯤 요리에 열을 올리다 다시 일을 하면서는 거의 하지 못했다. 그럼에도 1년의 요리 실습 후에 나는 완전히 다른 사람이 되었다. 할 수 있는 음식이 라면밖에 없던 사람에서, 먹고 싶은 음식이 있으면 만들어 먹을 수 있는 사람이 되었다는 건 엄청난 변화였다. 삶을 살아가는 데 필수적인 기술 하나를 습득한 셈이니까.

내 손으로 내 입에 들어갈 것을 만드는 기술. 물론 내가 습득한 기술은 잔기술에 가까웠다. 숙성에 며칠이 걸리는 복잡한 요리나 아침부터 저녁까지 긴 시간의 정성과 섬세함을 요하는 요리, 또 생고기를 손질해서 굽고 튀기는 요리까지 나아간 건 아니었으니. 30분에서 한 시간 남짓 움직이면 그럭저럭 먹을 만한 완성품을 선보일 수 있는 기술. 내겐 이런 잔기술만 있으면 됐다.

내 요리는 어디까지나 내 짧은 입이 그때그때 원하는 것에 집중됐다. 멸치, 다시마를 시원하게 우려낸 육수에 퐁당 빠진 탱탱 칼국수. 맥주와 완벽한 조화를 이루는 매콤 짭조름한 골뱅이쫄면(소면 아니고 쫄면!). 달착지근한 소스를 듬뿍 두른 오므라이스. 때 되면 한 번씩 끓여 먹어야 직성이 풀리는 참치김치찌개. 15분 만에 완성 가능한 간편 된장찌개. 간단한 걸로는 최고인 오일파스타. 엄마보다 더 잘하는 김치볶음밥. 그리고 가끔은 국물떡볶이, 한 번쯤은 떡강정.

며칠 전엔 집들이 겸 놀러 와 하룻밤을 잔 친구에게 요리를 해줬다. 거실에 앉아 커피를 마시며 친구가 말했다.

이렇게 느긋한 아침을 얼마 만에 맞는지 모르겠어. 친구가 이 시간을 더 누렸으면 좋겠다는 마음에 나는 넌지시 물었다. 수제비 먹고 갈래? 응? 어떻게? 내가 해줄게.

최근 수제비에 빠져 일주일에 한두 번씩 해 먹고 있던 참이었다. 레시피를 볼 필요도 없이 스텐 볼에 밀가루를 붓고 소금과 식용유를 알맞게 친 후 물을 부었다. 숟가락으로 밀가루를 휘젓다가 손을 씻고는 그대로 부엌 바닥에 앉아 밀가루를 치댔다. 날 보며 친구가 재미있다는 듯 웃어서 나도 같이 웃었다.

결국 우리의 대화 장소는 부엌이 되었다. 내가 호박이니 양파니 써는 옆에서 친구는 이야기를 했고, 채소를 썰다 말고 놀란 나는 친구의 얼굴을 봤다. 오랜 친구가 자기 자신에 대해서 하는 말은 내가 그간 알던 친구와 많이 달랐다. 정말? 네가 그렇다고? 인간이란 타인에게 얼마나 어렴풋한 존재인지 새삼 놀라며 나는 채소를 마저 썰었고, 친구의 이야기를 듣는 사이 끓어오른 육수에 수제비를 뜯어 투하했다. 요즘 장수제비에 꽂혀 있던 터라 된장과 고추장을 풀어 얼큰 칼칼한 수제비를 만들었다.

커다란 그릇에 수제비를 담아 친구에게 대접했다. 친구의 입에 수제비가 후룩 들어가는 걸 보고 나도 먹기 시작했다. 나를 위해 했던 요리를 좋아하는 사람에게 대접하는 시간은 언제나 좋았다.

혼자 살게 되면서 세운 규칙이 하나 있다. 하루에 한 끼 이상은 꼭 직접 해 먹기. 아침은 식빵이나 과일로 간단히 먹고, 점심은 시간을 최소한으로 투자하는 범위 내에서 차려 먹고, 저녁은 그날그날 먹고 싶은 음식을 시간을 들여 해 먹기. 시간을 들인다고 해도 어차피 내가 먹고 싶은 건 거기서 거기이기 때문에 대개 30분만 공을 들이면 다 해 먹을 수 있다. 미리 육수만 끓여놓으면 떡국 같은 것도 금방 만들 수 있으니까. 그전에 멸치에서 똥을 따 냉동 보관해 놓았다면.

요리를 직접 해 먹으려는 이유는, 내 일상을 지키는 마지막 보루로 요리만 한 게 없다는 생각에서다. 나는 지금껏 매일 직접 요리를 해 먹는 사람의 인생이 손쓸 수 없을 만큼 망가졌단 소리를 들은 적 없다. 내가 듣고 본 이야기 속에서, 요리는 보통 뿔뿔이 흩어졌던 하루의 조각 조각을 이어 붙이는 용도로, 삶을 재건하는 용도로 쓰이곤 했다. 도마에 파를 올려놓고 어슷썰기를 한다는 건 나를 위해 내가 무언가를 하고 있다는 뜻이다. 자기 자신을 위해 무언가를 하는 사람은 끝까지 망가지지 않는다는 믿음이 나에겐 있다.

재건의 도구로 요리가 특히 좋은 건, 앞에서도 말했듯 매일의 요리가 작은 성취의 경험이 되어주기 때문이다. 다른 건 다 망친 하루라도 김치볶음밥 하나 맛깔나게 잘 만들어 먹었다면 그날은 뭐라도 하나 한 거다. 뭐라도 하나 하는 하루가 쌓이다 보면 끝이 난 것 같던 삶도 다시금 열린 문 앞에 서게 된다. 그 문은 조금씩 더 열린다. 김치볶음밥을 맛있게 먹을 때마다.

얼마 전엔 충무김밥이 먹고 싶어서 함께 곁들일 섞박지를 해봤는데 맛이 괜찮았다. 깍두기도 몇 번 하다 보니 이젠 손쉽게 하게 된다. 총각김치도 해봤지만 다시 할 엄두는 나지 않는다. 여러 번 씻는 과정에서 몸이 녹초가 되었다. 만약 누가 와서 총각무를 깨끗이 씻어주기만 한다면 한 해에도 몇 번이나 담고 싶을 정도로 맛은 좋았다. 언젠가는 배추김치를 한번 담가봐도 좋겠다. 당장은 말고, 정말 언젠가. 내 입맛에 딱 맞게 잘 담가봐야지.

청소와 글쓰기의 연결 고리

내가 이 집을 유난스레 쓸고 닦는 건 기껏해야 한 달일 거라고 가족은 예상했다. 내 안의 게으름과 지저분함이 고개를 드는 데 한 달이면 충분하다고 생각한 듯하다. 가족이 정한 기한을 나도 딱히 반박하기 어려웠다. 미래의 내가 어찌 될지 나 역시 알 수 없으니. 나는 내가 한 달 만에 집을 돼지우리로 만들어놓을 가능성을 열어두었다.

가족이 정한 한 달은 빠른 속도로 지나갔고, 이 글을 쓰는 지금은 독립한 지 반년도 훌쩍 지난 후이다. 그리고 가족은 여전히 내 집에 들어올 때마다 눈을 휘둥그레 뜨고 있다. 예상을 깨고 내가 아직도 집을 유난스레 쓸고 닦는 중이라서다. 아파 몸져누운 경우만 빼고는, 언제 누가 갑자기 들이닥쳐도 부끄럽지 않은 상태로 집을 유지하고 있다. 얼마 전 누수 문제로 아랫집에서 갑자기 들이닥쳤을 때도 나는 부끄럽지 않았다.

그렇다고 아무 데나 손가락을 가져다 대도 먼지 한 톨 나오지 않는 상태를 유지하고 있는 건 아니다. 아무래도 그건 좀 불가능하니까. 내 집은 그저 누가 봐도 보기에 깨끗한 정도, 정리가 된 정도다. 그리고 엄마에겐 이렇게 '깔끔하게' 살고 싶은 걸 그동안 어떻게 참았느냐는 말을 듣는 정도.

청소는 대개 밥을 먹고 한다. 하루에 밥을 세 번 먹으니 세 번 다 할 때도 있다. 아침엔 간단히, 점심엔 본격적으로, 저녁에도 간단히. 상황에 따라 아침이나 저녁에 본격적으로 할 때도 있고, 이틀 깨끗이 청소하면 사흘째엔 건너뛰기도 한다(물론 설거지는 건너뛸 수 없다). 건너뛰는 날 청소에서 벗어난 여유에 취하는 걸 보면 청소 중독자는 아닌 것 같다. 내게 청소는 해야 하니까 하는 것. 그러니까 샤워와 비슷한 일이다. 샤워 후의 상쾌함을 위해 샤워를 하듯, 청소 후의 깨끗함을 위해 청소를 한다.

가끔은 해야 할 청소가 있어 다행스러울 때도 있다. 속이 시끄러울 땐 뭐라도 하며 몸을 움직이는 게 가장 좋은데, 이때 청소 거리가 쌓여 있으면 뭘 할지 찾아 나설 필요 없이 청소를 하면 된다. 마음이 아플 때도 그렇다. 몸을 부지런히 쓰며 욕실 바닥을 닦고, 빨래를 개고, 식기 건조대의 물 얼룩을 없애다 보면 시간이 간다. 왜 사람들이 마음이 힘들 때 대청소를 하는지 이제야 알았다. 청소를 하다 보면 시간이 가고, 때론 시간을 가게 하는 것에 절실히 매달려야 할 때가 있으니까.

청소를 열심히 한다고 말하니 청소에 시간을 많이 쓸 것 같겠지만, 그렇진 않다. 하루에 한 시간에서 한 시간 반 정도만 할애하면 된다. 하루 세 번의 청소에 설거지도 포함한 시간이다. 사흘째엔 쉬기도 하니 평균을 내면 더 줄어든다. 청소 시간이 길지 않은 건, 앞에서 말했듯 애초에 집에 뭘 많이 들이지 않아서다. 뭐가 많이 없으니 지저분해질 일도 적다.

애초에 많이 들이지도 않았고, 살면서도 웬만하면 안 들이려고 했다. 물건을 사고 싶은 충동을 느끼면 꼭 필요한 물건인지 고심하고, 긴가민가하면 몇 개월 고민하다 앞으로도 계속 사용할 것 같을 때만 사고 있다. 미니 믹서기도 몇 개월을 고민하다 샀는데, 주목적은 마늘을 갈기 위해서였다. 덕분에 냉동 과일도 갈아먹을 수 있게 됐다. 자리를 많이 차지하는 부피 큰 물건뿐만 아니라 손바닥만 한 것이라도 집 안으로 되도록 가지고 들어오지 않는다. 지난주엔 오픈한 지 얼마 안 된 병원에 갔는데 오픈 선물로 파우치를 줬다. 두 손으로 파우치를 건네준 직원분에게 두 손으로 파우치를 도로 건네드렸다. 아무래도 쓰지 않을 것 같다고 말하면서.

그러니까 반쯤은 미니멀리스트로 살고 있는 내 집에 놀러 온 친구는 집을 둘러보곤 이렇게 말했다. 집이 콘도 같아. 그러면서 어디 멀리 놀러 온 기분이라며 좋아했다. 다른 친구도 가정집이라기보단 작업실 같다고 평했다. 나는 작업실에서 숙식을 해결하는 작가이고. 또 다른 친구는 로봇 청소기가 매우 좋아할 집이라며 뜻밖의 장점을 발견해주었다. 왜? 바닥에 걸리는 게 별로 없잖아. 콘도 같기도 하고 작업실 같기도 하면서 로봇 청소기가 반할 만한 내 집은, 그러니까 좀 휑하다. 그래서 청소하기가 쉽다. 쉬우니 오래 걸리지 않고.

그럼 이쯤에서 내가 왜 이렇게 청소에 열심인지 말해볼까. 먼저, 깨끗한 집에 사는 건 더할 나위 없이 좋은 일이라는 말을 꼭 하고 싶다. 열심히 청소하는 나를 보면 나를 나에게 맡겨도 걱정 없다는 것을, 적어도 깨끗한 환경만큼은 스스로 일굴 수 있다는 것을 확인하게 돼 만족스럽다. 하지만 청소하기가 너무 귀찮을 때도, 피곤이 몸을 타고 오를 때도 꾸역꾸역 청소를 할 때면 내가 왜 이래야 하는지 한탄스럽다. 하루 이틀 집을 돼지우리로 만들어 놓는다고 누가 잡으러 오는 것도 아닌데, 스스로 까다로운 관리자가 되어 매의 눈으로 청소 상태를 확인하며 살아야 하다니.

내가 이러는 이유는, 슬프게도, 청소를 안 하면 글을

쓰지 못해서다. 청소와 글쓰기의 연결 고리는 글을 쓰기 시작한 초반에 생겼다. 잔뜩 낙서 된 종이엔 아무것도 쓰고 싶지 않은 것처럼, 주변이 지저분하면 글 쓸 기분이 나지 않았고 마음도 산만해졌다. 글을 쓰다 일어나 청소하기를 반복하다가, 어느 날부터 청소를 하고 책상에 앉게 되면서 '선 청소 후 글쓰기' 루틴이 생긴 것이다. 청소를 한다고 글을 쓰게 되는 건 아니었으므로, 청소는 내게 깨끗한 흰 종이 한 장을 준비하는 것과 같았다. 쓰게 되길 바라는 마음으로 매일 책상에 종이 한 장을 올려놓는 것이다.

예전엔 이런 루틴 정도야 아무것도 아니었다. 침대를 정리하고 방을 닦고 책상을 치우는 데 걸리는 시간은 고작 10분 내외였으니까. 그런데 독립을 하면서 일이 커졌다. 예전처럼 서재 하나만 청소하면 될 줄 알았는데, 황당하게도 온 집 안을 청소해야 글 쓸 기분이 났다. 원하지도 않던 '선 청소 후 글쓰기' 루틴 확장판이 실행된 것이다.

서재로 들어와 글을 쓰려던 어느 날, 주변을 정리한 뒤

의자에 앉았는데 왜인지 마음이 불편해졌다. 머릿속에 방금 떠나온 거실의 상태가 떠올랐다. 테이블에 아무렇게나 올려진 물건들, 바닥에 대충 던져놓은 택배 상자와 가위, 거기에 더해 아침 뒤처리를 못 한 부엌까지. 마치 주변이 정리되지 않은 것처럼 마음이 산만해졌다. 어쩔 수 없이 서재를 나와 청소를 시작했다. 그렇게 한 시간이 흘렀다.

도대체 왜, 나는 서재에 앉아 거실의 청소 상태까지 참견을 하는 걸까. 추측을 해보면, 예전엔 방 하나만 나의 공간이었다면 독립 후엔 집 전체가 나의 공간으로 인식되어서인 게 아닐까 싶다.

이쯤 되니 청소는 단지 청소가 아닌 게 되었다. 직업상 중요한 과업이 된 것이다. 거실 테이블에 올려져 있던 컵을 치우는 건, 단지 컵을 치우는 행위가 아니라 글을 쓰기 위한 루틴을 수행하는 과정인 셈이다. 원치 않던 루틴을 하루에도 몇 번씩 수행하게 된 건데, 이렇게 루틴을 수행하다 가족을 맞으면 가족의 눈은 휘둥그레졌고, 엄마는 내가 이렇게 '깔끔할지' 몰랐다며 놀라워했다.

오늘도 이 글을 쓰기 전에 집을 쭉 둘러보며 정리를 마치고 서재로 들어왔다. 책상엔 에세이 한 권, 빈 머그잔 하나, 핸드크림이 놓여 있었다. 머그잔은 부엌에 가져다 놓고 아이스 카페라테가 가득 든 유리컵을 들고 다시 서재로 들어왔다. 방바닥과 책상은 어제 닦았으니 오늘은 건너뛰어도 되리라 생각하며 의자에 앉았다. 건조한 손에 핸드크림을 바르고는 한글을 열었다. 집이 잘 정돈되었으니 글을 쓸 준비는 된 것이다. 흰 종이가 눈앞에 놓였다.

어떻게 소설을 썼을까

북토크를 하다 보면 어떻게 소설을 썼는지 묻는 분들이 있다. 작가가 공대 출신이라지, 작법 공부도 안 했다지, 습작 기간도 거치지 않았다지 하는데, 어떻게 장편소설을 쓸 수 있었는지 궁금한가 보다. 처음에 이 질문을 받을 땐 어떻게 대답해야 할지 난감했다. 쓰기 시작했더니 계속 써지더라는 대답은 아무래도 부적절해 보였다.

어떻게 대답해야 할까. 고민하다 소설을 쓰던 과정을 떠올렸다. 소설을 쓰던 초반, 나 역시 장면을 쓸 때마다 신기해하던 기억이 났다. 이게 되는구나, 하는 느낌. 머릿속에 흐릿하게 떠오른 이미지가 하나의 인물로, 인물의 행동으로 옮겨지는 과정이 신기했다. 특히 두 인물이 대화를 하며 알아서 이야기를 진전시킬 땐 쾌감마저 느껴졌다.

머릿속 장면을 글로 옮겨놓으면 나의 부지런한 뇌는 다음 장면을 내게 보여주었다. 보여준 대로 쓰다 보면 인물이 나도 예상 못 한 말을 하거나, 순간의 우연한 선택으로 이야기가 다른 방향으로 흘러가기도 했다. 이야기가 마치 생물처럼 느껴졌다. 고정되어 있지 않고 매 순간 변화할 수 있다는 점에서.

그때 나는 소설을 쓴다기보다 이야기를 쓴다고 생각했다. 소설을 쓴다, 라고 생각하면 '대한민국 문단' 관련한 복잡다단한 기준을 떠올릴 수밖에 없는데, 그렇다면 내 글쓰기의 목표는 '등단'이 되어야 할 듯했다. 하지만 그때 나는 이미 '삶을 향한 여정'(58페이지 참고)을 떠나고 있던 터라 '등단을 향한 여정'을 이중으로 떠날 여력은 없는 상태였다. 그래서 소설이란 단어는 뒤로 물리고 이야기란 단어를 앞세웠다. 이야기를 쓴다, 라고.

이야기를 쓴다고 생각하면 할 수 있겠다는 기분이 들었다. 이야기. 나는 이야기를 좋아하니까. 이야기를 좋아해서 언젠가는 드라마를 쓰고 싶다는 생각도 한 적 있으니까. 그렇다면 이번에 쓰면 될 터였다. 드라마가 아닌 소설을, 그러니까 이야기를. 나는 그간 접한 영화, 드라마, 소설을 머릿속에 한가득 띄워놓고 내가 쓸 이야기에 대한 아이디어를 얻었다. 나는 어떤 이야기를 좋아하나, 왜 그 이야기를 좋아하나, 왜 그 인물을 잊지 못하나, 그렇다면 나는 어떻게 쓰면 될까.

이야기를 보고 읽는다는 건 한 사람의 삶을 따라가는 일이었다. 그렇게 따라가며 그들을 이해하는 일이었다. 간혹 그들을 너무 깊이 이해한 나머지 울고 싶어진다거나, 실제 울거나 고통스러워지는 일이었다. 이야기를 깊은 접촉이라 할 수 있을까. 피부의 접촉에서 끝나는 것이 아니라 마음의 접촉. 이렇게 접촉이 일어난 인물은 그들이 영상 속에 있건 책 속에 있건 내가 만난 사람이 되었다. 결과가 어찌 될지는 몰라도, 나도 이런 인물을 그려보고 싶었다. 독자와 접촉하게 되는 인물을.

이렇게 글로 써놓고 나니 당시의 내가 꽤 뚜렷한 비전을 가지고 있었던 듯하지만, 그렇진 않다. 우선 쓰기 시작하고 나서 그때그때 아이디어를 내며 생각을 정리해나갔다. 소설을 읽을 줄만 알았지 쓸 줄은 몰랐기에, 아무 소설이나 펼쳐 참고하기도 했다. 장면을 전환하는 방법부터 대사를 표현하는 방법까지 쓰면서 배워나갔다. 이 과정이 크게 어렵거나 힘들진 않았다. 아마 부담이 없어서였을 것이다. 어차피 나는 내게 엄청난 성취를 바라지 않았다. 쓰기 시작했으니 끝을 맺자는 생각만 했다. 그러니까 이야기의 완성. 이야기의 완성은 나에게 달려 있으므로 나만 믿으면 됐다.

북토크에서 질문을 받을 때면 이런 경험을 바탕으로 답변을 했다. 우선 쓰기 시작했고 목표는 높게 잡지 않았다고, 소설을 쓴다기보단 이야기를 쓴다고 생각했다고, 한 장면을 쓰면 알아서 다음 장면이 떠올랐다고. 솔직히 말하려던 것이기도 하면서, 한편으론 소설을 쓰고 싶은 분들이 있다면 겁먹지 말고 우선 써보길 바라는 마음을 표현한 것이기도 했다. 관객분들은 고개를 끄덕이며 나의 말을 들어주었다.

그런데 어느 날 내 답변을 들은 한 분이 의문을 표했다. 소설가 지망생이라는 그분이 말했다. 본인은 다음 장면을 쓰려고 해도 떠오르지 않아 쓰기를 멈춘 상태라고. 이야기를 진행시키는 건 결코 쉽지 않았다고. 그런데 작가님은 별로 어려워한 것 같지 않은데 그건 작가님이 재능이 있어서인 게 아니냐고. 그때 내가 뭐라고 대답했는지 정확히 기억나지는 않는데, 아마 재능의 문제는 아닐 것이라고 어물쩍 넘어가지 않았을까 싶다. 그분에겐 만족스러운 대답이 아니었을 것이다.

그날 집으로 돌아오며 계속 생각했다. 나는 내가 글쓰기에 재능이 있는 사람이 아니라고 철석같이 믿고 있었기에, 그분의 의문에 나 역시 의문을 품게 됐다. 그분이 보기엔 내게 재능이 있어 보일 수도 있겠지만(어찌 됐건 장편소설을 써내긴 했으니까), 정작 나에겐 그런 게 없다는 걸 어떻게 설명해야 할까. 글을 쓸 때마다 내가 얼마나 힘들어하는지 보여줄 수도 없고. 그런데 그때 문득 든 생각이 있었다. 나는 글쓰기를 어려워하지만, 소설을 쓰며 이야기를 진행시키는 것만큼은 비교적 어렵지 않게, 재미있게 해내지 않았냐고. 그분은 바로 그 점을 지적한 것이라고. 너, 그거 그렇게 쉬운 거 아닌데 너는 재미있게 했다고 했잖아, 그러니 재능 있는 거 맞지 않아? 하고.

여기까지 생각하자 나의 지난 멍 때리기의 시간들이 주마등처럼 스쳐 지나갔다. 언제 어디서건 자유자재로 멍을 때리던 나. 멍을 때리며 머릿속으로 이야기를 즐기던 나. 내 머릿속에선 얼마 전 읽은 이야기, 본 이야기가 나만의 편집본 형태로 수시로 플레이되었다. 이야기를 플레이하며 시간을 견디거나 즐기는 건, 내겐 습관이자 유희였다. 나의 첫 책 『매일 읽겠습니다』의 서문에서 이렇게 말했듯이.

"책에서 읽은 이야기를 머릿속 여기저기에 담아놓길 좋아했다. 하루에도 몇 번씩 책상에 턱을 괴고 책이 건네준 이야기를 떠올렸다. 사탕보다 더 달콤한 시간이었다. 친구들에게 멍 좀 그만 때리라는 핀잔을 종종 들었지만 그만둘 수가 없었다. 현실의 이야기보다 책 속 이야기가 더 재미있는데 어쩌겠는가. 정규수업부터 자율학습까지, 딱딱한 의자에 얌전히 앉아 있는 것이 하루 일과인, 밋밋한 나날들이었다."

혹시 이런 시간들이 내게 소설을 쓰게 한 걸까.

머릿속에 이야기를 띄워놓고 혼자 얼마나 잘 놀 수 있는지 자랑하기 위해선 야구 이야기를 할 수밖에 없겠다. 나는 야구를 좋아하지 않지만 수도 없이 시청했다. 야구팬인 아빠와 언니 덕이었다. 야구 시즌이 되면 아빠와 언니는 야구에 푹 빠져 지냈다. 특히 언니의 감정 기복은 언니가 응원하는 팀의 승패와 많은 경우 인과 관계가 있었다(당연히 야구가 원인이고 언니의 감정이 결과였으며 그 반대의 일은 벌어지지 않았다. 하나 더 말하자면, 원치 않던 감정 기복에 시달리던 언니는 결국 야구계를 떠나게 된다). 가족이 둘러앉아 저녁을 먹을 때면 텔레비전엔 긴 방망이로 날아오는 작은 공을 맞히려고 잔뜩 벼르는 남자들이 어김없이 등장해 있었다.

덩달아 벼르던 가족 옆에서 나도 야구를 보며 맥주를 마셨다. 물론 나는 맥주를 마시기 위해 거기 앉아 있었다. 앉아 있다 보니 야구에 대해 절로 알게 되는 것들도 있었다. 야구는 상대적으로 약세하다고 무조건 지지 않았고, 끝날 때까진 끝난 게 아니라서 끝까지 마음을 놓을 수 없었다. 우리 인생에서처럼 지긋지긋한 천적도 존재하는 듯했고, 제대로 된 한 방만 나와준다면 지금까지의 결과를 뒤집을 수도 있었다. 인생의 축소판 같은 경기에서 아빠와 언니는 눈을 떼지 못했다. 그리고 그 옆에서 나는 야구를 보고 있으면서도 실은 보고 있지 않았다. 눈은 텔레비전을 향해 있지만 머릿속으론 딴생각하기에 바빴으므로.

뭐 대단히 긴급하게 생각할 거리가 있는 건 아니었다. 재미있는 드라마를 본방 사수 중이었다면 높은 확률로 그 드라마를 생각하고 있었을 것이다. 가슴이 벅찰 만큼 감동적이었던 장면을 몇 번이고 반복 재생하고 있었을 수도 있고, 아니면 내 마음대로 아예 새로운 에피소드를 만들어 즐기고 있었을 수도 있다. 일종의 팬픽이었다고 보면 될까. 다만 나는 글로 안 쓰고 머리로 썼다는 게 다를 뿐.

내가 만든 에피소드에서 드라마 속 인물들은 내가 원하는 바대로 대화하고 싸움하고 사랑도 했다. 웃기도 하고 울기도 했다. 그들이 웃을 땐 나도 히죽거렸고, 그들이 울 땐 나도 눈물을 흘렸다. 16부작 드라마를 재미있게 보고 있다면 사실상 나는 17부작 드라마를 보는 것이나 다름없었다. 1부 정도는 내가 직접 만들어 영상 송출을 했으므로. 물론 내 머릿속에서.

한번 이런 작업에 빠지면 꽤 몰두했다. 눈으로 보는 야구의 정보가 머릿속으로 하나도 들어오지 못할 정도로. 개인 극장에서 펼쳐지는 흥미진진한 이야기에 몰두하다 잠깐 정신을 차릴 때면 작은 공이 커다란 포물선을 그리며 관객석으로 떨어지고 있기도 했다. 한 팀의 운명을 바꾼 홈런의 궤적이 리플레이되는 건데, 그걸 보며 나는 언니에게 물었다. 와, 홈런이네, 누가 친 거야? 언제나 뒷북을 치는 내게 언니는 화면에 시선을 고정한 채 이름을 말해주었지만, 언니와 나는 알았다. 내가 그 이름을 외울리 없다는 걸.

이런 야구 같은 일은 인생 내내 일어났다. 관심을 주고 싶지도, 줄 필요도 없는 정보들이 눈과 귀로 시끄럽게 들어올 때면 재빨리 나만의 놀이를 시작했다. 이 놀이는 민폐를 끼치기 싫어하는 내 성향에도 매우 잘 맞았다. 지루한 수업 시간에도, 시시하고 따분한 장광설을 들어야 할 때도, 뻔한 대화 중에도 나는 남에게 폐를 끼치지 않은 채 나만의 이야기 속으로 들어갔다. 나는 조용히 그 이야기를 음미하고 확장하며 시간을 보냈다. 그렇기에 언젠가 직접 이야기를 쓰고 싶다는 생각도 했을 것이다. 이야기를 즐기는 건, 나의 오래된 습관이자 유희니까.

내게 소설 쓰기는 이런 놀이의 연장선이 아니었던가 싶다. 그간의 놀이와 다른 건, 이번엔 나로부터 출발한 이야기였던 것.

이야기가 시작된다. 지금껏 그랬듯 그 이야기를 마음껏 공 굴리며 여러 버전으로 만들어본다. 그중 가장 마음에 드는 버전을 택해 한글에 써 내려간 과정, 어렴풋한 이미지를 문장으로 선명하게 드러내던 이 과정으로 나는 소설을 쓰게 됐다. 아무리 생각해도 재능이 한 일은 아닌 것 같다.

내가 밤에 먹는 것

늦은 밤. 11시 50분. 6시에 저녁을 먹은 후 아무것도 먹지 않았으므로 뭔가 좀 허전한 느낌이 드는 것도 당연한 시간. 심야의 허기. 모른 척할 수 없어도 모른 척해야 마땅한 허기. 나는 이 허기를 느끼며 평소와는 다른 선택을 하려 하고 있었다. 음…… 라면?

어차피 나는 지금 졸리므로 이대로 눈을 감고 있다 보면 잠이 들 테고, 그러면 내일 아침 가볍고도 산뜻한 몸으로 일어날 수 있을 테지만, 그럴 테지만, 나는 침대에서 몸을 일으키며 생각했다. 어때 뭐, 누가 말리는 것도 아닌데, 내 마음대로 살아도 되는데, 라면 하나쯤이야 상관없잖아? 안 그래?

독립을 한다고 해서 어떤 떠들썩한 자유를 원하진 않았다. 서른 언저리의 독립이라면 좀 달랐겠다. 오늘은 이 친구를 부르고 내일은 저 친구를 부르면서 밤마다 술을 퍼마시고 수다도 진탕 떨며 뜻밖의 짜릿한 역사 속으로 끌려들어 갈 수도 있었겠지. 하지만 마흔 언저리의 내게 이제 그런 체력은 없다. 만약 내게 체력이 있다 해도, 나와 놀아줄 친구들이 체력이 없으므로 없으니만 못한 상황이 될 것이다.

대신, 극히 소소한 자유. 방종 발밑에도 닿지 못할 자유. 남들에겐 자유 같아 보이지도 않는, 내가 자유라 해야 남들도 힐긋 찰나적 관심이라도 가져줄 자유. 나는 고작 이런 자유를 꿈꿨다. 그러니까 자정에 라면을 끓여 먹는 일 같은. 예전 같으면 가족을 깨우기 싫어 주린 배를 부여잡는 쪽을 택하고 말았을 테지만, 이젠 그럴 필요 없이 당당히 침대를 박차고 나오는 일 같은. 발소리 하나하나가, 라면을 꺼내고 봉지를 뜯고 수프를 찢는 소리 하나

하나가, 냄비에 물을 붓고 가스레인지를 켜는 소리 하나 하나가 우레와 같은 소음으로 집 안에 울려 퍼질 것을 우려해 도둑처럼 움직일 필요 없이 더없이 자유롭게 마음껏 소리를 내는 일 같은.

이런 자유 한번 누려보고자 두근거리는 마음으로 거실로 나왔다. 거실 불을 켜고 부엌 쪽으로 걸어가며 나는 단호하게 결정했다. 봉지라면이 아닌 컵라면을 먹자. 라면 하나를 다 먹을 자신도 없을 뿐더러, 나는 지금 라면을 배불리 먹기보단 라면을 먹는 행위에 기대를 하고 있는 참이니까. 컵라면 소컵을 꺼내 무신경하게 비닐을 쭉쭉 뜯고 뚜껑을 쫘악 열었다. 환경 호르몬이 내 몸에 침투하지 못하도록 찬장에서 폭이 좁은 그릇을 꺼내 라면을 옮겨 담았다. 수프를 털어 넣으면서는 한 달에 한두 번 먹을까 말까 하는 컵라면을 굳이 그릇에 옮겨 담는 수고를 하기보단 일주일에 몇 번이고 마시는 맥주를 끊는 게 자신의 몸을 진정으로 생각하는 사람의 행동 아닐까 생각했지만 곧 잊었다. 부글부글 끓다가 타이밍 좋게 뚝 멈춘 전기 포트를 들고 물을 부었다. 3분. 타이머 버튼을

눌렀다.

거실 테이블에 테이블 매트를 깔고 젓가락을 놓고 라면 그릇을 올렸다. 김치도 예쁘게 썰어 라면 옆에 두었다. 그리고 경건한 몸가짐으로 의자에 앉았다. 자정이 넘은 시간. 나는 태블릿을 터치해 감정 소모 없이 볼 수 있는 예능을 고른 후 기다렸다. 라면이 다 익을 때까지. 라면이 익는 길고도 짧은 시간 동안 내 인생을 스쳐간 숱한 라면들을 생각했다. 매콤 짭짜름한 국물에 꼬들꼬들한 면발. 평생 얼마나 많은 라면을 먹었던가. 나는 물을 정량보다 조금 더 붓고 청양고추를 넣어 맵고 시원하게 끓여 먹는 걸 좋아하는데, 이때 면발은 살짝 덜 익힌다. 달걀은 풀면 안 되고 때론 김치를 잘게 썰어 넣거나 대파를 첨가한다. 한동안은 편마늘이나 된장을 넣어 먹기도 했는데, 요즘은 그렇게 거창하게 라면을 치장하지 않는다.

나의 오랜 친구들은 내가 가장 좋아하는 음식이 라면인 줄 안다. 친구 집에 놀러 갈 때마다 뭐 먹을 거냐는 물음에 늘 라면이라고 간단히 대답했기 때문이다. 친구가 냄비에 라면을 끓여 친구 어머니의 손맛이 듬뿍 담긴 김치를 함께 내주면, 오늘 또 포식을 하겠구나, 하고 생각했다. 이건 맛이 없을 수가 없었다. 친구와 함께 먹는 라면과 친구 어머니의 김치라는 조합이 실패하는 일은 없었으니까.

친구들과 마찬가지로 나도 오래도록 라면을 내 최애 음식으로 생각하며 살았다. 하지만 지금은 라면에 '최애'라는 최상급 수식을 붙이는 것에 조금 망설이게 된다. 내가 어딜 가나 라면을 찾은 건 라면을 절대적으로 좋아해서가 아니라 상대적으로 좋아해서라는 결론에 다다른 뒤이기 때문이다. 좋아하는 여러 음식 가운데 라면을 1등으로 꼽은 것이 아니라, 딱히 좋아하는 음식이 없는 가운데 어디에서 누가 끓이든 실패할 일 없는 라면을 선호해온 건 아닐까 하는 깨달음. 굳이 깨달을 필요 없는 깨달음이지만 나는 깨닫고 말았고, 그렇기에 이제 누가 내게 최애 음식을 물으면 대답하지 못하는 상황에 이르렀다. 물론, 이런 깨달음을 얻었다고 해서 라면이 맛있지 않을 리는 없었다.

타이머가 울렸다. 젓가락으로 면발을 살살 풀고는 입에 넣었다. 야밤에 먹는 라면 맛은 당연히도 아는 맛이었다. 솔직히 말하면, 평소보다 맛은 덜했다. 엄청 배가 고픈 상태도 아니었고 조금 졸리기도 했으므로 미각이 제대로 살아나지 않은 것 같았다. 하지만 괜찮았다. 자유는 그 자체로 달콤한 것이니까. 나는 예능을 보며 라면 면발을 조금씩 들어서 천천히 먹었다. 해외 여행지의 어느 야외 펍에서는 맥주를 원샷 하게 되지 않듯, 라면을 급히 먹고 싶지 않았다. 뭔가 이 분위기를, 이 시간을, 이 마음을, 이 소리를 그리고 이 자유를 온전히 누리고 싶었다.

라면 면발을 다 먹고 국물을 반 정도 호로록거리고 나니 15분이 지나 있었다. 순간 이게 뭐라고 이토록 경건한 마음으로 임했나 싶었다. 평생을 주야장천 먹은 라면이면서. 그래도 오늘 먹은 라면은 분명 다른 라면이었다. 자정의 라면이었고, 당당한 라면이었고, 눈치 보지 않는 라면이었으며, 마음이 이끄는 라면이었고, 무신경한 라면이었다. 절제하지 않은 라면이었고, 선택할 수 있는 라면이었으며, 무엇보다 한 번쯤은 해보고 싶은 라면이었다.

그릇을 개수대에 넣어놓고 테이블을 정리했다. 거실엔 라면 냄새만 아련히 남겨놓은 채 방으로 들어왔다. 어쩔 수 없이 이를 또 닦고 침대에 앉으니 졸음이 급격히 몰려왔다. 문득, 괜히 먹었다는 생각이 들었다. 자유의 후폭풍은 정확한 지점으로 예리하게 불어왔다. 나는 정확히 귀찮았다. 이를 닦고 나왔더니, 이젠 눕는 게 문제였다. 안 그래도 역류성 식도염으로 약을 먹고 있는 마당에 먹고 바로 누울 수는 없는 노릇이었다. 최근 몇 년간 본 의사 쌤 중에 가장 무기력해 보이던 그는 그럼에도 환자에게 꼭 해야 할 경고는 잊지 않았다. 먹고 바로 눕지 마세요. 나는 두툼한 베개 두 개를 침대 헤드에 2단으로 겹쳐놓고 등을 기대앉았다. 눕지 못한다고 하여 자지 못할 것도 없었다. 지금 내가 앉아 있는 곳을 비행기 이코노미석이라고 상상해본다면, 확실히 불가능한 잠은 아니었다. 그대로 눈을 감았다. 속이 좀 불편했다. 그래도 라면을 먹은 걸 후회하진 않았다.

세 명의 독자

지난가을, 서울 신사역 근처 북카페 카페꼼마로 갔다. 한국문학번역원이 주선한 만남이 이곳 카페에서 있을 예정이었다. 번역원 초청 행사로 한국에 온 이탈리아의 편집자가 『어서 오세요, 휴남동 서점입니다』의 저자를 만나 보고 싶어 한다고 했다. 만나보겠느냐는 연락을 받았을 땐 순간 긴장이 돼 망설였지만, 이런 기회가 아니고서야 내가 어떻게 이탈리아 편집자를 만나볼 수 있을까 생각하니 이번엔 내 쪽에서 꼭 만나보고 싶어졌다. 이어 신기한 기분이 머리카락 끝까지 전해졌다. 이탈리아라니. 움

베르토 에코와 프리모 레비와 엘레나 페란테의 나라잖아. 나는 여전히 이 모든 일이 신기하다. 출간도 불투명했던 소설이 출간되어 독자를 만나고, 예상 밖의 사랑을 얻고, 이젠 다른 언어를 쓰는 독자에게까지 전해지려 하고 있었다.

북카페로 들어서자 출판사 대표님과 한국문학번역원 직원분이 맞아주었다. 곧 통역사님과 이탈리아 편집자님도 도착했다. 기둥 옆 테이블에 앉은 우리는 마스크를 낀 채 어색하게 눈웃음을 주고받았다. 호감의 눈빛도 서로에게 전달했다. 통역사님이 통역 방식을 간단히 설명했고, 나는 괜히 영어 한마디 하려다 집중력을 잃는 대신 모든 걸 통역사님에게 의지하기로 마음을 먹었다. 그럼에도 중간중간 영어를 대하는 한국인의 고질적인 듣기 평가 모드가 나오려 했다. 눈은 지그시 감고 귀는 스피커로 향하던 그 시절의 습관이 나오려 해 눈을 똑바로 뜨고 이탈리아 편집자님을 바라봤다. 편집자님은 저자에게 직접 소설에 관한 여러 이야기를 듣고 싶어 오늘 이 만남을 요청했다고 했다. 뭘 말해야 할지 잠시 고민했다.

소설을 쓰기 전 얼마나 힘든 시간을 보냈는지 같은 이야기는 하지 않기로 했다. 첫 에세이가 잘되었다면 소설을 쓸 생각은 하지 못했을 거라는 말도, 그다음에 쓴 에세이가 투고에 실패하지 않았더라도 역시 마찬가지였을 거라는 말 또한 하지 않기로 했다. 에세이스트의 삶이 내가 원하는 대로 흘러갔다면 쓰지 않았을 소설. 원하던 것이 좌절된 상황에서 쓴 소설. 원하던 것이 좌절되었기에 쓸 수 있던 소설. 이 소설은 내게, 어떤 기회는 술술 풀리는 인생에서가 아니라 끊어지고 막혀 돌아가야만 하는 인생에서 빛을 보게 된다는 걸 알려주었다는 말도 하지 않기로 했다. 이런 말을 하기엔 카페의 분위기가 너무 좋았고 날 보는 그녀의 표정도 더없이 밝았다. 나는 즐거운 이야기만 하기로 했다.

편집자님은 내 이야기를 흥미롭게 들으며 이것저것 물어왔다. 소설에 어떤 책들이 인용되어 있는지, 왜 작가가 되기로 했는지, 계획하고 있는 다음 소설이 있는지 등등. 그녀에게 나도 물었다. 왜 이 소설에 관심을 가지게 되었는지. 그녀는 팬데믹과 이탈리아의 어지러운 정치 상황을 언급하며 최근 이탈리아에서 큰 인기를 끌고 있는 'Feel Good' 소설에 대해 설명해주었다. 읽고 나면 기분이 좋아지는 소설, 팍팍한 삶을 달래주는 부드러운 소설이랬다. 한국에서도, 이탈리아에서도 삶을 달래는 하나의 방법에 소설이 있는 건 같은 듯했다.

그날의 만남은 기분 좋게 시작해서 기분 좋게 끝났다. 어차피 그날 결정되는 건 아무것도 없었다. 내가 한 말들과 나라는 사람의 매력이 과연 긍정적인 효과를 발휘했는지도 알 수 없었다. 긍정적인 효과를 노리며 그 자리에 앉아 있던 것도 아니었다. 보일 듯 말 듯 희미한 작은 점에서 시작한 내 책이 파문처럼 은은히 퍼져나가는 과정을 이렇게라도 접해보고 싶은 마음이 컸다. 내 손을 떠난 이야기는 어디까지 나아갈까. 이 이야기가 각각의 개인과 맺는 순간에선 어떤 이야기가 시작될까.

그날 이후 다른 나라들과도 번역 출간이 논의되면서 나는 내 소설의 시작이 되었던 작은 점, 세 명의 독자를 자주 생각했다. 2018년에 쓴 소설을 2019년에 글쓰기 플랫폼 '브런치'에 연재하기 전, 내겐 최초의 독자 세 명이 있었다. 소설을 썼는데 왜 출간하지 않느냐는 엄마의 질문은 1년 내내 반복됐고, 흘려듣다 생각해보니 나 역시 내가 쓴 소설을 누군가가 읽어주길 바라고 있음을 알게 되었다. 그렇다면 어떻게 해야 할까. 집 근처 인쇄소에서 A4용지에 소설 세 부를 인쇄했다. 내 글을 정성 들여 읽어줄 세 사람에게 전해줄 소설이었다. 나는 집으로 돌아와 엄마에게 한 부를 주고, 언니에게 다른 한 부를, 그리고 언니의 친구이자 책 덕후인 하나 언니에게 마지막 한 부를 보냈다.

이후 며칠은 평소보다 더 자주 거실로 나갔다. 소파에 앉아 한쪽 모서리에 스테이플러가 찍힌 A4용지를 한 장 한 장 넘기며 소설을 읽고 있는 엄마를 보기 위해서였다. 엄마는 종이를 한 장 넘길 때마다 엄지 손가락에 침을 묻혔고 표정은 매우 결연했다. 어디까지 읽었어? 가만 있어 봐. 매번 비슷한 대화를 나누고 방으로 들어올 때면 괜한 짓을 저지른지도 모르겠다는 생각이 들었다. 독자로서 나도 잘 안다. 재미없는 책을 정독해야 하는 일만큼 고역이 없다는 걸. 더더군다나 세 명에게 나라는 존재는 혈연이거나 친구의 혈연 아닌가. 재미없다고 중간에 그만 읽기엔 너무 끈끈한 존재.

얼마 후 엄마는 방문을 열고 들어와 책상에 두꺼운 A4용지 무더기를 툭 올렸다. 복잡한 마음으로 빤히 보는 내게 엄마가 말했다. 최고, 너무 재밌다, 너 글 정말 잘 쓴다. 어김없이 터져 나온 엄마의 칭찬. 사실 나는 엄마가 이렇게 나올 줄 알고 있었다. 내 글을 처음 보여준 그날부터 엄마는 스스로 비판적인 독자이길 포기했다. 어떤 글을 보여주든 칭찬을 남발했기에 나는 작가 자아가 쪼그라들 때마다 엄마에게 글을 보여줬다. 무조건적인 칭찬이 필요할 땐 엄마만 한 독자가 없었으므로. 이번에도 칭찬을 남발한 엄마는 아무래도 안 되겠다며 책상에 올려놓은 A4용지 무더기를 다시 집어 들었다. 왜? 묻는 내게 엄마는 한 번 더 읽어야겠다며 방을 나갔다.

며칠 후 언니에게도 연락이 왔다. 언니는 짤막한 감상을 전했다. 나 울었어. 짧아도 너무 짧은 감상이었지만 나는 이 감상이 놀라워 언니에게 물었다. 어느 부분에서?

내가 쓴 소설을 읽고 울 수 있다니, 그것도 소설을 그다지 좋아하지 않는 언니가. 언니는 언젠가부터 허구의 이야기에서 관심을 뚝 끊더니 소설도, 영화도 즐기지 않았다. 형부와 조카가 영화를 볼 때면 극장 근처 카페에서 뜨개질을 하거나 책을 읽으며 기다린다. 하기 싫은 건 죽어도 안 하는 건 나랑 같은 건데, 그런 언니가 소설을 읽고 눈물을 흘렸다니, 내겐 매우 고무적인 감상평이었다. 이후 언니는 응원의 의미로 동생의 소설을 읽고 또 읽어서 다섯 번 완독을 끝냈다.

마지막으로 하나 언니와 통화를 했다. 부끄럽고 민망해 문자로 가볍게 감상을 들으려 했는데 언니가 통화를 원했다. 중학생 때부터 알아온 언니가 작가님이라고 불러주며 본인은 한 시간도 넘게 감상을 전하고 싶을 정도로 너무 좋았다고, 내가 만든 세계가, 그 세계 속에 있는 사람들이 모두 언니가 꿈에 그리던 것들이었다고 말하며 나의 심장을 요동치게 했다. 인물 하나하나의 대사까지 읊으며 뭐가 좋았는지 요목조목 밝혀주는 언니의 목소리를 들으며 나는 너무 놀랍고 신기하고 민망한 나머지 연신 손으로 얼굴을 비볐다. 언니가 그 상황에서 그 인물이 그런 행동을 한 것이 이런 이유 때문이냐며 물을 때는 내가 쓴 소설이 정말 소설일지 모르겠다는 생각을 처음으로 했다.

특히 언니가 알고 지내는 사람처럼 인물들 이름을 부를 땐 울컥하는 마음이 되어버렸다. 마치 아는 사람처럼 인물들에 대해 이야기하는 건, 내가 소설을 읽을 때면 하는 일이었기 때문이다. 실제 알고 지내는 사람들보다 더 많은 걸 알게 되어버린 바람에 이젠 내게 너무 큰 의미가 된 허구의 인물들을 생각하는 것. 그렇게 며칠을 생각하다 생각이 흘러넘쳐 결국 누구라도 붙잡고 그들에 대해 이야기하는 것. 내가 늘 하던 일이었고 지금 하나 언니가 내게 하는 일이기도 했다. 언니는 통화를 끝내는 순간까지 나를 응원해주었다. 언니가 좋아하는 다른 소설처럼 내 소설도 좋았다고.

틈 없이 촘촘한 칭찬의 말들이 내 안에 가득 들어찼다. 나를 지지하는 마음으로 나의 소설을 열렬히 극찬한 세 명의 독자가 나를 앞으로 밀어주었다. 작가는 어떤 문장도 실패 없이 써낼 수 없다는 면에서 결코 끝까지 자만하지 못한다. 글을 쓰기 전엔 실패를 예견하고, 글을 쓰면서 예견이 현실화하는 걸 매일 보는 사람이기에 아무리 어깨를 펴려 해도 자꾸 위축된다. 작가에게 틈 없는 지지가 필요한 건 이 때문일 테다. 위축된 어깨를 펴고 용기 있게 한 걸음 나아갈 수 있도록.

세 독자의 감상을 들은 얼마 후, 나도 용기를 냈다. 소설을 연재해보기로 한 것이다. 네 번째 독자를 기다리는 마음으로.

그때를 돌아보면, 세 사람의 애정과 진심이 단단한 공이 되어 호수로 퐁당 던져지는 모습이 그려진다. 작은 공이 호수 깊이 빠져들며 파문의 시작을 알린다. 세 사람의 마음이 멀리 퍼져나가고 있다.

흐름의 초입

퇴사하고 며칠 후, 글을 쓰기 위해 노트북 앞에 앉았다. 아침의 글쓰기만 기다려 왔으니 이젠 즐겁게 쓰기만 하면 될 터였다. 하지만 글을 쓰고 싶은 마음은 글을 쓰지 않을 때나 부푸는 것이었나 보다. 막상 노트북 앞에 앉자 부풀었던 마음은 온데간데없고 그 반대의 마음이 앞을 가로막고 섰다. 글을 쓰고 싶지 않다는, 더 정확히는, 글을 못 쓰겠는 마음.

뭐라도 써보려 애를 쓰다가 일어났다. 쓰지 못하겠는 정도가 아니라 억지로 앉아 있다 보니 식도 부위가 묵직해지며 가슴이 답답해졌다. 생전 없던 두통도 몰려온 통에 나는 거실 소파에 몸을 뉘었다. 그렇게 쓰고 싶던 글을 이제 마음껏 쓸 수 있게 됐는데 뭐가 문제지. 글을 쓰기에 최적의 환경도 갖춰진 거 아닌가. 조용한 공간에 넘치는 시간. 그런데 왜 못 쓰겠지. 내 몸이 왜 이러지. 내 몸이 주장하는 바는 무엇일까.

몸의 언어를 정확히 번역해 알아들을 수 있다면 좋겠지만 그럴 수 없으니 몸 상태를 체크하며 움직여봤다. 소파에서 일어나 다시 서재로 들어왔다. 노트북 쪽으로 시선을 두니 또 가슴이 답답해졌다. 얼른 몸을 책장 쪽으로 돌려 책장을 죽 훑었다. 작법서나 읽어볼까. 글을 쓰지 못하겠을 때 작법서만큼 도움을 주는 책도 없으니까. 작법서는 내게 말한다. 글을 쓰는 건 원래 어려운 일이다, 어렵기에 사람들 대부분은 글을 쓸 생각을 꿈에서라도 하지 않는다, 하지만 이 세상엔 남들은 꿈에서도 하기 싫어하는 글쓰기에 진지하게 달려드는 사람이 있다, 그 사람이 바로 너이다, 괜찮다, 그 사람은 바로 나이기도 하기 때문이다, 그리고 우리 같은 사람들은 글을 쓰고 싶어 하면서도 자주 글을 쓰지 못하고 심지어 글이 쓰기 싫어 고통스러워하기도 한다, 역시 그래도 괜찮다, 우린 언제고 다시 쓰게 될 테니까, 작가로 살기를 포기하지 않는 한.

눈으로 제목을 훑다가 애니 딜러드의 『창조적 글쓰기』를 꺼냈다. 책 제목 위에 "퓰리처상 수상 작가가 들려주는 글쓰기의 지혜"라고 쓰여 있는 걸 보며 딱딱한 양장 겉표지를 넘겼다. 1장 본문을 시작하기에 앞서 괴테가 했다는 말이 쓰여 있었다. "서두르지도, 쉬지도 말라." 역시, 작법서를 꺼내 들기 잘했다는 생각이 들었다. 지금 내게 딱 필요한 조언 아닌가. 무려 괴테가 서두르지 말라지 않은가. 뒤에 따라붙은 쉬지 말라는 말이 조금 마음에 걸리긴 하지만, 나는 괴테가 앞에 배치해놓은 말에 더 무게중심을 두기로 했다. 그래, 서두르지 말자. 그럼 오늘의 작법서는 여기까지.

책을 도로 책장에 꽂고 거실로 나왔다. 괴테의 허락이 떨어졌으니 정말이지 오늘 당장 글을 쓸 필요는 없겠다는 생각이 들었다. 대신 나는 어느 숲속 허름한 별장을 떠올려보기로 했다. 제목은 기억나지 않는 어느 책에서 한 작가가 글을 쓰기 위해 오래된 별장으로 들어갔는데 막상 글을 쓰지 못하던 게 어렴풋이 기억났기 때문이다. 어렵사리 별장까지 와놓고선 글을 못 쓰겠는 상황에 처한 작가는 자기 자신을 몰아붙이지 않았다. 몸을 움직이며 이것저것 해나갈 뿐이었다. 그중 하나가 나뭇가지를 밟으며 집 주변을 산책하는 것이었다. 어제도, 오늘도, 내일도. 투둑, 투둑, 투둑. 발아래에서 부러지는 잔가지 소리를 들으며 작가는 시간을 보낸다. 아침의 공기와 밤의 공기를 맛보며 계속, 글을 쓸 수 있을 때까지. 그리고 어느 날, 작가는 글을 쓰기 시작한다.

그 책을 읽을 때만 해도 나는 작가가 글은 쓰지 않고 딴짓을 하며 시간을 보내는 모습이 의아했다. 왜 더 적극적으로 글쓰기에 달려들지 않을까. 시간이 더 흐르고 나서야 작가가 무언가를 기다리고 있었다는 걸 알게 되었다. 작가가 기다리던 건 뚜껑을 열면 팟 하고 터질 샴페인 같은 영감은 아니었다. 팟 터진 영감은 분수처럼 솟구쳤다 한순간 사라지고 마니까. 작가가 기다리던 건, 어떤 흐름이다. 몸을 내맡길 만큼 충분히 강하지만, 몸을 통제하기 어려울 만큼 강하진 않은 흐름. 그 흐름에 올라탈 수만 있다면 첫 문장은 써질 것이고 간절하기만 하다면 마지막 문장도 쓸 수 있을 것이다.

글을 쓰며, 글 쓰는 삶엔 흐름이 필요하다는 걸 알았다. 무작정 의자에 앉아 '어서 써, 어서 글 써!' 자신에게 윽박을 지른다고 해서 글은 뚝딱 나오지 않았다. 윽박을 지르는 대신, 나를 글쓰기의 흐름 속으로 부드럽게 밀어 넣는 요령이 필요했다. 아주 부드럽게. 글을 쓸 때 너무 많은 애를 쓰지 않도록. 글 쓰는 것만으로도 힘든데 글을 쓰기 싫어하는 마음과 싸우는 데까지 에너지를 쓰지 않도록.

그러니까 흐름이란, 내 몸과 마음이 글쓰기를 일상의 일부분으로 자연스레 받아들이는 것을 말한다. 밥을 먹을 때마다 먹기 싫어 힘들어하지 않듯, 글을 쓸 때도 쓰기 싫어 힘들어하지 않는 상태로 나를 끌어올리는 것. 바로 이런 상태를 위해 작가들은 산책을 하거나 커피를 마시거나 연필을 깎는다. 편안한 마음으로 서서히 무드를 끌어올리다가 싫어할 새도 없이 글을 쓰기 위해. 작가의 이런 노력이 매번 성공하는 것은 아니지만, 노력 없이 글을 쓰게 되는 경우도 드물다.

글 하나를 쓰기 위해 한 시간의 산책이 필요하다면, 책 한 권을 쓰기 위해선 그보다 더 긴 시간이 필요하리라. 책을 써야 하는 나는, 그래서 기다리기로 했다. 나를 찾아올 흐름을. 그러니 역시 괴테의 말이 맞다. 서두르지 말라. 그리고 그가 무게중심을 두 번째에 둔 말도 맞다. 쉬지도 말라. 나는 쉬는 대신 나만의 나뭇가지 밟기를 해보기로 했다. 투둑, 투둑, 투둑. 발아래에서 소리가 올라올 때마다 내 몸이 조금씩 흐름에 가까워지길 고대하며.

그날부터 나는 글을 쓰고 싶다는 마음을 의식하며 일상을 단조롭게 보냈다. 늘어지지도 게으르지도 않게, 조급하지도 바쁘지도 않게. 내게 필요한 건 새로운 자극이나 경험이 아니었다. 나는 몸과 마음을 편하게 놓아두는 데 주력했다. 어떤 압박이 없는 상태에서 자연스럽게 하루를 보내길 바랐다. 내가 해야 할 일은 일상을 순조롭게 보내는 데 필요한 일밖에 없었다. 먹고 싶은 음식을 해 먹었고, 걸어야겠다 싶으면 걸었다. 보고 싶은 영화를 봤고, 유쾌하게 볼 수 있는 장편 드라마도 봤다. 심심하면 언니네 놀러 갔고, 돌아와서는 늘 하던 일을 했다. 아무것도 억지로 하지 않았다. 가능한 한 인지적 노력을 기울이지 않았다.

틈틈이 책도 읽었다. 마음을 차분히 가라앉히는 책을 주로 읽었다. 당연히 작법서도 읽었다. 대니 샤피로의 『계속 쓰기』 같은 책을. 책에서 다음과 같은 애니 딜러드의 인용구를 찾으면, 글쓰기를 도와주는 문구도 돌고 돈다는 생각을 했다. "지붕 너머를, 구름 너머를 볼 수 있을 정도로 높은 사다리를 올라간다. 책을 쓰는 중이다. 한 번에 한 칸씩 올라가는 신발 신은 발이 보인다. 서두르지 않고 쉬지도 않는다." 애니 딜러드의 책에선 괴테가 서두르지도 말고 쉬지도 말라고 하더니, 대니 샤피로의 책에선 애니 딜러드가 서두르지도 말고 쉬지도 말라고 하고 있으니. 대니 샤피로의 책에 인용된 애니 딜러드의 문장을 읽으며 나는 내가 괴테의 말을 매우 자의적으로 해석

했음을 알게 되었다. 괴테는 글을 쓰고 있는 작가들에게 서두르지 말라고 한 건데, 나는 글을 쓰기 전부터 서두르지 않고 있으니.

그럼에도 나는 단조로운 생활을 이어갔다. 어느덧 일주일이 지나고 2주가 지났다. 나뭇가지 밟기는 계속되었고, 나는 쓰고 싶다는 마음을 단 한 순간도 놓지 않았다. 매일 비슷한 시간에 잠들고 비슷한 시간에 깨어났다. 살림 도구가 필요하면 20분을 걸어 나가 사 왔고, 당근이 먹고 싶으면 먼 거리의 마트에 가서 다른 채소와 함께 사 왔다. 일부러 외진 별장을 찾은 작가와 같은 마음으로, 나는 흐름을 기다렸다. 어쩌면 흐름을 기다리는 것이 아니라 흐름을 만들고 있는 것인지도 몰랐다. 흐름을 모으고 있는 것일 수도 있었다.

한 달이 넘어가던 어느 날, 나는 서재로 들어와 힐긋 노트북을 바라봤다. 속으로 나에게 말을 걸었다. 걱정하지 마, 지금 쓰려는 거 아니야, 그냥 한번 체크해보려는 거야, 그러니까 압박받지 마. 세상에서 가장 섬세한 사람을 다루듯 나를 안심시킨 후 노트북을 바라보는데 식도가 묵직해지지 않았다. 두통도 느껴지지 않는다. 그렇다면, 혹시? 나는 별일 아닌 일을 한다는 듯 노트북 쪽으로 슬슬 다가갔다. 책상을 돌아 의자에 엉덩이를 얹었다. 무심하게 한글을 열었다. 슬쩍 아무 문장이나 써봤다. 가슴이 답답해지지 않는 걸 확인하며 이제 됐다는 생각을 했다. 나뭇가지 밟기를 한 지 한 달 만에 드디어 글을 쓸 수 있게 된 것이다.

흐름의 초입이 눈앞에서 찰랑거렸다.

비밀스럽게 살아가기

장 그르니에는 철학 에세이 『섬』에서 '비밀스러운 삶'을 꿈꾼다. "오직 나만의 삶을 갖는다는 즐거움을 위"해서다. 비밀을 지키기 위해 그가 견지하는 태도는 이렇다. 자신을 드러내는 말을 하지 않는다. 타인과 이야기를 해야 한다면 실제보다 더 보잘것없는 사람인 척한다. 가본 나라에 관해서도 안 가본 나라인 듯 군다. 잘 알고 있는 사상을 누가 이야기하면 처음 듣는 듯 행동한다. 누가 유식한 척해도 토 달지 않는다. 사회적 지위마저 낮춘다.

이 책을 처음 읽었을 때, 자기 자신보다 더 괜찮은 사람인 척하기 위해 가슴을 부풀리는 사람들에게 싫증이 났던 터라 나는 장 그르니에가 꿈꾸는 비밀스러운 삶이 마음에 들었다.

책에는 데카르트가 비밀스러운 삶을 영위하는 전략도 나와 있었다. 데카르트는 대도시 암스테르담에 살면서 사람들에게 자신의 삶을 훤히 노출시킨다. 자주 만나는 수위에게는 먼저 말을 걸고, 수위가 호기심을 발동시키기 전에 선수를 쳐 자신에 관해 미주알고주알 털어놓는다. 이땐, 꼭 매우 디테일하고 솔직하게 속 얘기를 털어놓아야 의심을 사지 않는다. 여기서 신경 써야 할 건, 속 얘기를 털어놓는 분야는 데카르트에게 전혀 중요하지 않은 분야여야 한다는 것이다. 사람들의 호기심을 실컷 충족시켜주고 나서야 데카르트는 "정신은 자기만의 것으로 간직할 수 있었다".

이 책을 읽은 후부터 나도 '비밀스러운 삶'을 지키기 위해 은밀히 매진해왔다. 원래도 이미지 관리하듯 두리뭉실 얘기하는 데는 재주가 없었지만, 솔직함의 한계엔 늘 신경을 쓴다. 속 얘기를 털어놓고 싶어도 조금은 남겨두고,

디테일에 더 힘을 주고 싶어도 결국은 힘을 뺀다. 그렇게 '나만 아는 나'를 내 안에 남겨놓고 '나는 비밀스러운 사람이지' 흡족해한다. 글을 쓸 때도 마지막 한 조각의 비밀은 꼭 남겨둔다. 솔직하게 써야 한다는 걸 잊지 않으면서도, 남에게 보여주지 않을 나만의 삶이 있어야 한다는 것 또한 기억한다.

그날의 산책

그날도 저녁을 먹고 집을 나섰다. 신호등 앞에 서서 생각했다. 걷기에 정말 좋은 날씨다. 극심하게 춥거나 덥지 않으면 산책을 나올 때마다 하는 생각이다. 오늘은 걷기에 참 좋은 날씨라고. 따뜻하면 따뜻해서 좋고, 서늘하면 서늘해서 좋다. 비가 그쳐서 좋고, 눈이 녹아서 좋다. 그날은 봄이었으니, 좋지 않을 수가 없었다.

공원에 들어서서 호수 쪽으로 걸었다. 얇은 점퍼를 입고 나와 살짝 추운 감이 있었지만 걷다 보면 더워질 테니 상관없었다. 집에서 편히 있다가 굳이 산책을 나올 이유야 무궁무진하다. 배가 불러서, 몸이 찌뿌드드해서, 건강을 위해서, 뱃살이 신경 쓰여서, 하루 종일 움직이지 않아서, 답답해서, 기분이 가라앉아서, 화가 나서, 글이 안 써져서, 햇빛을 봐야 해서, 미세 먼지가 좋음이라서, 무엇보다 걷고 싶어서. 이 이유들이 다양하게 조합되어 나를 집 밖으로 밀어낸다.

걷기에 가장 좋은 시간은 어둑해진 사위를 조명이 드문드문 비추는 저녁 8시 이후다. 밤에 뿌려진 조명엔 사족을 못 쓰는 내게 이 시간의 걷기는 가장 좋아하는 풍경 속을 걷는 일이다. 풍경 속의 다른 이들과 함께 걷는 일이기도 하다. 걷다가 기분이 너무 좋아질 때면 다른 산책자들의 기분을 내 마음대로 짐작해본다. 비록 힘든 하루였지만 이런 저녁을 보낼 수 있게 되어 분명 나만큼 좋을 거라고.

그날은 마음이 답답해서 걸었다. 답답증이 일 때마다 왜 답답한지 원인을 찾아낼 순 없으니, 우선 걷고 본다. 십중팔구 걷기는 도움이 된다. 걷기가 도움이 될 정도의 증상이라면 큰일이 아니므로 원인은 찾을 필요 없다. 그래서 나는 가슴이 시리도록 공허한 날에도, 가슴이 안개로 가득 찬 듯 답답한 날에도 걸으러 나온다. 걷다 보면 가슴은 채워지기도 비워지기도 한다. 어느 쪽으로든 나아진다.

그날처럼 걷기 시작하자마자 안개가 걷히듯 답답증이 사라질 때도 있다. 걷다 보면 어차피 괜찮아질 테니 미리 알아서 괜찮아지는 걸까. 그럴지도 모른다고 생각하며 공원 중심부를 향해 걸었다. 너무 빠르지도, 너무 느리지도 않게. 너무 빨리 걸으면 무릎이 아프고, 너무 느리게 걸으면 흥이 안 나므로.

걸을 땐 아무것도 듣지 않는다. 간혹 팟캐스트를 듣기도 하지만, 대개는 귀를 열어놓는다. 어떤 소리를 듣기 위해 귀를 열어놓는다기보단, 머릿속에 흐르는 생각을 방해하지 않기 위해 열어놓는다. 생각이 떠올랐다가 사라지고, 또 떠올랐다가 사라지는 걸 그냥 내버려 둔다.

열린 귓속으로는 사람들의 말소리, 바람 소리, 그리고 천을 따라 올라오는 물소리가 섞여 든다. 자연스레 들리는 소리에 관심을 기울이기도 하고, 기울이지 않기도 한다. 15분쯤 걸으면 공원 중심부에 다다르고 삐죽 솟은 아파트 아래로 나름 규모 있는 복합상업 공간이 보인다. 덩치 큰 건물이 환하게 내뿜는 불빛 앞으로는 넓은 휴식 공간이 펼쳐져 있다. 날 좋은 오후에 나오면 이곳이 사람으로 가득해진다.

여기부터가 본격적인 호수 산책길이다. 건물에서 쏟아져나오는 불빛에 등이 밀리듯 어둑한 호수 둘레길로 들어선다. 어둑해도 곳곳에 조명이 있고 산책을 하거나 뛰는 사람들이 있어 무섭진 않다. 공원 근처에 살아 좋은 건 밤에도 마음껏 산책을 할 수 있다는 점이다. 언제든 걷고 싶을 때 나오면 하루를 산책으로 마무리하는 사람들을 만나게 된다. 가족 단위 산책자들이 나의 심리적 안전망이 되어준다.

시멘트길 끝으론 부드럽게 굴곡진 나무 데크길이 이어진다. 왼쪽엔 호수를, 오른쪽엔 작은 숲을 두고 나무를 밟으며 앞으로 나아간다. 한 걸음, 한 걸음. 걷기는 결국은 앞으로 나아가는 일이고, 무엇보다 내 두 발로 나아가는 일이라서 완벽히 나에 속한다. 그래서 좋다. 걷다 보면 툭툭, 발소리도 나고, 착착, 리듬도 만들어진다. 내가 만드는 리듬에 익숙해져 걷다 보면 내 리듬 사이사이로 다른 사람의 리듬이 끼어들기도 한다. 자주 있는 일은 아니지만 산책자에게 드문 일은 아니다. 착착, 척척, 착착, 척척. 낯 모르는 이들과 앞뒤로 리듬이 엮인다.

그날도 호수 꼭대기에 다다른 무렵부터 우리 세 명의 리듬이 엮이기 시작했다. 언제부터 이렇게 된 건지는 모르지만 여자, 나, 남자가 1열 종대로 걸으며 같은 바람을 맞고 있었다. 가벼운 발걸음의 여자 뒤를 내가 쫓았고, 내 뒤를 조급하게 들리는 남자의 발소리가 쫓았다. 나는 '우리 세 명'에서 떨어져나와 '혼자' 걸어야겠단 생각에 머리를 굴려보았다. 속도를 늦춰 뒤처질까. 아니면 속도를 높여 달아날까.

둘 다 좋은 방법이 아니라는 결론에는 금방 다다랐다. 속도를 훙이 떨어질 만큼 늦추지 않는 이상 남자 뒤에 서서 걷는 상황만 초래할 뿐이고, 높인 속도를 끝까지 유지하지 않는 한 여자에게 따라잡힐 것이 불 보듯 뻔했다. 어떤 선택도 1열 종대를 가리키고 있는 것만 같았다. 그렇다면 그냥 이대로 걸어야 할까, 체념 섞인 생각을 하는데 뒤에 따라오는 남자도 같은 고민 끝 같은 결론에 다다랐음이 느껴졌다. 불안정하던 남자의 발걸음이 이내 안정을 찾으며 규칙적인 척척, 소리를 냈기 때문이다.

우리는 함께 호수 꼭대기를 돌았다. 키도, 다리 길이도, 보폭도 다른 세 사람이 이토록 오래 대열을 유지할 수 있다는 데 놀라며 공원 중심부를 향해 걸었다. 두 사람에게 향하던 의식도 어느새 옅어져 나는 눈에 들어오는 익숙한 풍경을 즐기고 있었다. 얇은 점퍼 안엔 몸에서 피어난 더위가 맴돌았고, 나는 지퍼를 내리며 시원한 바람을 몸에 뿌렸다. 두 갈래 길이 나와 남자가 대열에서 이탈하고 나서야 우리는 각자 혼자가 되었다. 멀어지는 남자를 힐끗 보고 나선 내 걸음도 여유로워졌다.

나는 언제부터 걸었을까. 일부러 시간을 내서 걷기 시작한 건 언제였을까. 기억을 되짚어보면 20대 중반부터였던 것 같다. 직장인이 되고 얼마 후부터. 일부러 시간을 내서 걷지 않으면 걸을 일이 현격히 적어진 그때부터. 걷지 않는 날이 늘어가자 걷고 싶단 생각이 든 그때부터.

퇴근 후 지하철을 타고 집으로 가다가 네다섯 정거장 전에 내렸다. 한 시간 남짓 천천히 걸으며 나는 집에 도착하는 시간을 지연시켰고, 지나가는 사람들을 무감하게 바라보았으며, 직장인이라면 누구나 경험하는 온갖 판에 박힌 사건들을 곱씹다가 잊었다. 걷는 일이 내게 위로가 되어준다는 건, 일부러 걷기 시작하면서 바로 알게 되었다. 그래서 위로가 필요할 때면 걸었다. 위로가 필요한 누군가가 음악을 듣듯.

회사에서 일을 하다가 미치겠을 때 몰래 나와 걷기도 했다. 어차피 야근할 거 일은 저녁으로 미뤄두어도 됐다. 가산디지털단지역 근처에서 일할 당시 회사 근처에 아웃렛이 있었는데, 근무시간에 나와 매장 사이사이를 하릴없는 사람처럼 걸어다닌 적도 있다. 나만 농땡이 치는 건 아니어서 내가 자리를 비운 걸 아무도 신경 쓰지 않았다. 강남역 근처에서 일할 때도 나는 자주 걸었다. 점심을 후다닥 먹고는 교보문고로 가서 매대 사이사이를 걸어 다녔고, 가끔은 강남역에서 집까지 세 시간을 걸어오기도 했다. 청담역 근처에서 일할 땐 이제 누가 봐도 나는 걷기에 푹 빠진 사람이었고, 퇴근 후 걷기는 루틴이 되었으며, 처음으로 걷기에 대한 글을 썼다.

걷기를 좋아하다 보니 나는 걷는 사람이 좋고 누가 걷는 모습을 보는 것도 좋다. 제인 오스틴 소설 『오만과 편견』의 주인공 엘리자베스도 그녀가 걷는 사람이라 더 좋았다. 엘리자베스는 언니 제인을 간호하러 질펵한 5킬로미터 길을 혼자 걸어가기도 한다. 유독 좋아한 이 에피소드가 이후 여러 책에서 의미 있게 다뤄질 땐 밑줄도 좍좍 그었다.

> "교양 있는 아가씨의 범주에 안착하기를 거부하는 엘리자베스의 반항기는 그녀의 언어로 분출될 뿐만 아니라 그녀의 몸으로도 드러난다. 엘리자베스의 몸이 당대의 규범과 맺고 있는 관계를 가장 상징적으로 보여주는 장면은 비가 온 다음 날 아침에 마차 없이 홀로 약 4.8킬로미터를 걸어 제인의 병문안을 가는 대목이다."
>
> — 조선정, 『제인 오스틴의 여성적 글쓰기』, 민음사, 2012

“이렇게 혼자 걷는 것은 독립심, 저택과 저택 사람들과 이루어진 사회적 영역을 벗어나 더 큰 세상에서 홀로 마음껏 생각을 펼쳐나가려는 마음, 곧 육체적인 동시에 정신적인 자유의 표현이다.”

— 리베카 솔닛, 『걷기의 인문학』, 반비, 2017

걷기 하면 떠오르는 구도, 순례의 이미지도 나를 걷는 삶으로 이끈다. 어떻게 살아야 하는지, 어떤 삶이 잘 사는 삶인지 알고 싶다는 바람이 한 걸음, 한 걸음이 된다. 걷다 보면 알게 되지 않을까, 깨닫게 되지 않을까 하는 막연한 기대. 내가 찾고 있는 것이 실은 내 안에 있어서 그것이 걷기를 통해 드러날지도 모른다는 막연한 희망. 물론 호수 공원 한 바퀴의 걷기가 나를 대단한 깨달음으로 데려가주지는 않을 테지만, 그럼에도 매일의 걷기가 적어도 내가 무엇을 바라보며 살고 있는지는 잊지 않게 해준다. 내가 바라보고 있는 건, 오늘보다 나아진 내일의 나.

걷다 보면 이유 없이 황홀한 감각이 몸에 차오르곤 하는데 그날도 그랬다. 벅찬 기쁨이 나오길 잘했다는 셀프 칭찬으로 이어졌다. 걸을수록 발걸음이 가벼워졌다.

6인용 테이블에 앉아

독립을 하게 된다면 거실엔 커다란 테이블을 놓고 싶었다. 테이블 위치는 어디든 상관없을 것 같았다. 거실 한가운데 떡하니 놓아도 괜찮을 것 같고, 한쪽 벽을 따라 길게 놓아도 괜찮을 것 같고, 아니면 앉아서 창밖을 바라볼 수 있도록 놓아도 괜찮을 것 같았다.

왜 거실에 테이블을, 그것도 커다란 테이블을 놓고 싶었을까. 대한민국의 일반적인 거실 모습에서 벗어나보고 싶었는지도 모르겠고, 언젠가 본 거실 인테리어에 반했는지도 모르겠다. 이유야 어찌 됐든 독립이 본격화되며 나는 6인용 테이블을 보유한 1인 가구가 되기로 마음을 굳혔다. 가장 먼저 구입한 가구도 테이블이었다.

미리 날짜를 지정해 독립 첫날 테이블을 받을 수 있었다. 텅 빈 거실에 6인용 테이블만 달랑 놓였다. 그때만 해도 거실엔 테이블과 책장만 놓을 생각이었으므로, 키 작은 3단 책장이 갈 곳을 정하니 자연스레 테이블은 그 맞은편 벽 쪽이 되었다. 벽면을 따라 메이플 색 테이블을 길게 놓았다. 부모님은 혼자 살면서 이렇게 큰 테이블이 필요할지, 식탁은 따로 없는지 묻고 싶은 눈치였으나, 엎질러진 물에 대고 괜한 말을 하는 대신, 테이블이 크네, 라며 사실만을 말하는 길을 택했다.

다음 날 책장도 배달되었다. 키 큰 책장은 서재에, 키 작은 책장은 거실에 자리를 잡았다. 테이블 맞은편 벽에 책장을 붙이고 보니 키 작은 책장을 구입하길 정말 잘했다는 생각이 들었다. 답답한 느낌도 주지 않고 선반으로도 활용할 수 있는 맞춤한 책장. 거실 책장엔 책등을 보기만 해도 기분이 좋아지는 책들과 요즘 읽는 책들을 꽂아 넣었다. 책장 위엔 엄마가 그려준 해바라기 그림을 올렸다. 해바라기가 만개한 밭 위로 태양이 떠오르는 엄마표 그림이 거실의 여백에 풍요의 기운을 불어넣어 주는 듯했다.

드디어 꿈꾸던 거실이 실현되었다. 커다란 테이블과 키 작은 책장. 앞으로 두 가구를 오가며 내가 할 수 있는 일들. 테이블에 앉아선 밥 먹고 글 쓰고 책 읽고 영상을 보겠지. 책장에선 읽고 싶은 책을 꺼내오고, 가끔은 그냥 책등을 보며 뿌듯해하겠지. 내가 좋아하는, 또 해야 하는 일을 하기엔 두 가구만으로도 충분할 듯했다. 하지만 충분하지 않아서 일주일 후 키 큰 조명이 들어왔고, 두 달 후엔 3인용 패브릭 소파도 들어왔다. 단출한 나의 공간이 완성됐다.

내겐 딱 좋은 이 공간이 다른 사람들에겐 뭔가 좀 부족한 공간인 듯도 하다. 살펴보면 있을 건 다 있지만, 잘 생각하면 너무 있을 것만 있는 공간. 잠시 머무는 사람에겐 여유롭게 느껴지는 공간이더라도, 며칠 머물다 보면 어쩐지 좀 무미한 공간. 때로 한 사람의 취향은 그가 지닌 물건으로 알 수 있는데, 책을 제외하곤 내 취향이 거의 묻어나지 않는 이 공간이 누군가에겐 지루하고 심심한 공간이 되는 듯도 했다.

부모님에게도 그래 보였다. 딸이 보고 싶어 오긴 왔는데, 왔더니 할 일이 없어 당황한 눈빛을 여러 번 봤다. 볼 것도, 할 것도 없어 소파에 우두커니 앉아 있던 두 분이 웃겨 사진으로 찍어두기도 했다. 효도 명목으로 텔레비전을 구비해야 할지 고민도 해보았지만, 아무래도 그건 아니었다. 부모님의 공간엔 텔레비전이 필요하지만, 내 공간엔 필요하지 않으므로.

딱 봐도 아빠가 더 부침을 겪었다. 집에선 원하는 방식으로 원하는 걸 할 수 있던 아빠에게 둘째 딸 집은 그렇지 않은 공간이었다. 넌지시 소형 텔레비전 이야기를 꺼냈다가 거절당한 아빠는, 이후 본인 마음대로 되지 않는 딸 집에서 시간을 보낼 방법을 하나둘 터득해갔다. 그중 하나가 어느 날 아빠의 오른 어깨에 매달려 있었다. 기타였다. 몇 년째 기타를 배우고 있는 아빠가 딸 집에서의 시간이 알차게 흘러가길 바라며 아이디어를 낸 것이다. 작은방에 세워놓은 기타는 아빠가 올 때마다 소리를 낸다.

시간을 보낼 아이디어를 굳이 내야 할 만큼 단출한 공간이긴 하지만, 그렇기에 다른 곳과 다른 식으로 시간을 보내게도 된다. 커다란 테이블에 둘러앉아 있을 때면 눈을 둘 곳도, 관심을 둘 곳도 같이 앉은 사람밖에 없는 공간. 음악도 없이 조용하기만 한 공간에서 부모님과 나는 아침을 먹으며, 커피를 마시며, 대화를 나눈다. 짧게 질문과 답변이 오고 가는 것이 아니라, 한두 시간 진득하게 나누는 이런 대화는 우리 가족에게도 흔한 일은 아니었다.

부모님과의 대화는, 나로선 텔레비전 대신 해드리는 효도다. 함께 살며 일거수일투족까지 다 알던 딸을 한두 달에 한 번씩 보는 섭섭함을 대화로는 다 풀 수 없겠지만, 그래도 계속 말을 걸며 섭섭함의 크기를 줄여드리는 것이다. 서로가 보내는 일상의 세세함을 잘 모르기에 나는 예전보다 우리의 대화가 더 흥미롭다. 예전엔 눈으로 보고 바로 알 수 있던 상대의 삶이 이젠 상대의 말을 통해 흘러나오는 터라, 분명 그 속엔 상대의 판단에 따른 각색이 있으리라는 것은 안다. 각색을 눈치채면서도 들리는 그대로 대꾸하고 웃고 농담한다. 부모님 또한 마찬가지일 것이다.

커피를 리필하며 대화는 이어진다. 서로의 친구 얘기를 할 때도 있고, 각자 읽은 책에 대해 얘기할 때도 있다. 얘기가 길어지다 보면 언제나처럼 누구 하나가 기분이 상하기도 하지만 또 언제나처럼 누구 하나가 기지를 발휘해 분위기를 전환한다. 아슬아슬한 시간을 무사히 지나면 이번엔 따뜻하고 좋은 말이 오간다. 우리 가족이 가장 잘하는 것이 자기 자신을 북돋기 위해 혼자 해왔던 생각을 가족을 북돋기 위한 말로 전하는 것이기 때문에.

우리가 서로를 북돋기 위해 하는 말은 늘 다음의 문장 언저리를 돈다. 삶은 대체로 고되고 힘에 부치지만 그럼에도 빛 하나쯤은 존재한다는 사실을 잊지 말자는 것. 가끔 한 명이 빛의 존재를 잊으면 그 존재를 다시금 일깨워주는 게 우리 가족의 임무다. 상대가 빛을 스스로 찾지 못하면 직접 찾아 손에 쥐여주는 것까지가 임무의 완료다. 손에 쥔 빛을 빛으로 볼 건지 아닌지는 빛을 보고 있는 사람에게 달렸다.

대화를 하다 하다 더 할 얘기가 없으면, 부모님은 테이블에서 일어나 창으로 다가간다. 창밖을 바라보는 부모님에게 내가 뒤에서 말한다. 걸을까? 내게 걷기 유전자를 물려준 부모님은 그러자며 나보다 먼저 집을 나선다.

테이블에 앉아 지인들과 놀다 보면, 내가 왜 커다란 테이블을 거실에 놓고 싶어 했는지 알겠다. 어느 영화에서였을까. 아니면 드라마에서였을까. 좋은 사람들과 둘러앉아 밥 먹고 웃음 터트리며 대화 나누는 모습, 이 모습이 좋아 보였던 것 같다. 함께 있는 시간만이라도 서로에게 관심을 두며 즐겁게 얘기 나누는 시간. 이 시간을 만들어주는 넉넉한 크기의 테이블. 우리 집에도 커다란 테이블이 있다면 이런 시간을 보낼 수 있으리라 기대했던 것 같다.

혼자 살고 싶다고 노래를 노래를 부르다가 혼자 살게 됐는데, 가장 사고 싶던 물건이 테이블이었던 건 그렇다

치고, 그 테이블에서 사람들과 둘러앉아 떠들썩하게 수다 떨 꿈에 부풀어 있었다는 것이 내게도 좀 재미있다. 하지만 알 것도 같다. 내 안에서 혼자 사는 삶은 고독이나 고립과 결코 같은 말이 아니었던 것이다. 나에게 혼자 사는 삶은 자유, 안락, 편안함에 맞닿아 있다. 자유롭게, 안락하게, 편안하게 일상을 살다가, 일상이 내게 주는 힘을 바탕으로 사람들과 연결되길 바랐던 것 같다.

지난겨울, 테이블 위치를 바꿨다. 앉아서 창밖을 바라볼 수 있도록. 테이블에 앉아 있으면 반대편 아파트와 그 아래 공원이 한눈에 보인다. 공원을 가로지르는 찻길도 보인다. 가만히 앉아 아파트도 봤다가, 공원도 봤다가, 찻길을 달리는 차도 본다. 그러다 고개를 내려 글을 쓴다. 지금처럼. 커다란 6인용 테이블에서 가장 많이 하고 싶던 건 읽고 보고 쓰는 일이었다.

몸을 흔들다 보면

아파트 엘리베이터에 붙은 '줌바 댄스 모집 안내문'을 봤을 때, 나는 마침 1년 넘게 하던 플라잉 요가를 재등록하지 않은 후였다. 해먹에 매달린 채 약간의 공포를 견디며 고난도의 기술을 연마하는 일이 싫지는 않았지만, 언젠가부터 그 시간이 기다려지지 않아 그만둔 터였다. 오랜만에 해야 할 운동이 사라졌기에 산책만 하고 지냈더니, 다시 슬슬 몸을 움직이고 싶어졌다. 이번엔 무슨 운동을 할까. 이왕이면 안 해봤던 거면 좋을 텐데.

자고로 운동은 걸어서 20분 내로 다녀야 한다고 강하

게 주장하는 나는 지도 앱을 열고 집 근처를 샅샅이 훑어 보았다. 테니스, 발레, 합기도 등이 보였지만 당기지 않았다. 어느 날은 지도 앱 반경을 넓혀 클라이밍의 존재를 알게 되었고, 충동적으로 차를 타고 가서 체험을 해보기도 했지만, 역시 차를 타고 운동을 가는 건 습관이 되기 어렵다는 생각에 클라이밍은 마음에서 지웠다. 뭔가를 하고 싶은데 하지 못하고 지낸 몇 주. 어쩐지 헛헛해진 마음으로 산책을 하고 돌아온 그날, 엘리베이터에서 무심히 고개를 돌리다 '줌바 댄스'란 네 글자를 보게 된 것이었다.

줌바 댄스. 줌바 댄스라. 집에 들어온 나는 무엇보다 모집 안내문 중간 즈음에 적혀 있던 금액에 마음이 흔들렸다. 한 달에 2만 5천 원. 한 달 8회 운동에 2만 5천 원이면 1회에 3,125원이라는 거잖아. 아파트 입주민으로서 이런 좋은 기회를 놓치는 건 도리가 아닐 것 같은 매우 저렴한 금액이었다. 음, 그럼 춤 한번 춰볼까?

나는 우선 춤이 내 삶에 미칠 영향을 알고 싶었다. 언니에게 전화를 걸었다. 벌써 1년 넘게 '라인 댄스'를 해오고 있던 언니라면 궁금증을 풀어줄 수 있겠지. 언니는 먼저 '줌바 댄스'와 '라인 댄스'는 엄연히 다른 춤이라며 나도 아는 사실을 언급했고, 줌바 댄스는 해보지 않아 잘 모르지만 라인 댄스를 하고서 몸이 가벼워졌으므로 줌바 댄스를 하게 되면 내 몸 역시 가벼워질 것이라는 나도 추측 가능한 말을 해주었다. 더 해줄 말이 없는지 언니는 전화를 끊기 전 역시 나도 알고 있던 사실을 알려주었다. 그런데 살은 안 빠지더라.

전화를 끊고 고민을 조금 더 하면서 언니가 시간이 날 때면 한 번씩 추던 춤을 떠올렸다. 언니는 형부의 오랜 숙원이던 75인치 텔레비전에 라인 댄스 영상을 틀어놓고 진지하게 춤 연습을 하곤 했다. 내 눈엔 그냥 다리를 종종거리는 것만 같은 그 춤을 추고 나면 언니의 얼굴은 붉게 달아올라 있었고 때론 땀도 흘렸다. 그렇다면? 검색 결과 줌바 댄스는 라인 댄스보다 훨씬 격렬한 춤인 듯하니, 만약 줌바 댄스를 하게 되면 나도 춤을 추면서 땀을 흘리는 경험을 하게 될 가능성이 높았다. 오, 좋다, 괜찮네. 춤 추면서 땀 흘리는 거, 하고 싶다. 바로 관리사무소로 내려가 등록을 완료했다.

그런데, 그렇다면, 줌바 댄스란 무엇일까. 대충 흘려들으면 '줌마 댄스'로 들리기도 해서, 몇 년째 내 친구가 하고 있기도 한, 아'줌마'들의 오랜 사랑 에어로빅이 연상되기도 한다. 어느 정도는 맞는 연상이다. 검색을 해보면 줌바 댄스는 라틴 댄스에 에어로빅의 요소를 결합한 피트니스 운동이라고 나오므로. 근력 증진을 위한 요소 또한 지니고 있다는데, 실제 춤을 추다 보면 어느새 스쿼트를 하거나 런지를 하고 있기도 하다. 하지만 이러니 저러니 해도 줌바 댄스는 그냥 댄스, 춤이다. 신나는 음악에 맞춰 열정적으로 몸을 흔들어대다 보면 땀도 나고 기분도 좋아지는, 춤.

등록 후 몇 주를 기다리고 나서야 첫 수업 날이 되었다. 내 인생 첫 춤을 위해 구입한 운동복을 위아래로 갖춰 입고 깨끗한 운동화를 신었다. 평소 운동은 걸어서 20분 내로 다녀야 한다고 주장하던 나는 집을 나선 지 2분도 안 되어 센터에 들어섰다. 춤을 추게 될 커뮤니티 센터가 아파트 지하 1층 주차장과 연결되어 있었기 때문이다. 센터에 들어선 나는 쭈뼛거리며 출석 확인을 한 뒤 강사님과 눈인사를 하고는 앞에서 두 번째 줄에 엉거주춤 섰다. 천장에선 사이키 조명이 반짝이며 미리부터 내가 출 춤의 분위기를 알려주고 있었다.

8시 정각, 강사님이 쾅쾅 울리는 음악을 틀었다. 강사님은 음악 소리보다 더 큰 목소리로 짧게 인사를 한 후 다짜고짜 춤을 추기 시작했다. 전면 거울이 정면에 있었지만 거울을 볼 틈이란 없었다. 시작부터 끝까지, 눈을 강사님에게 고정한 채 팔다리를 허우적거리고 골반을 흔들고 가슴을 털었다. 동작 교정 같은 건 사치였다. 일종의 아바타처럼 강사님이 움직이는 대로 생각 없이 따라 하면 됐다. 정신없이 따라 하다 보면 나도 모르게 세상에 태어나 가장 요염한 손짓을 하게도 됐고, 또 세상에 태어나 가장 빠른 속도로 발 구르기를 하게도 됐다.

음악은 철저히 계산된 순서로 틀어지는 듯했는데, 시간이 흐를수록 고조되었고 음악이 고조될수록 동작도 커졌다. 춤동작은 과격과 귀여움을 넘나들었다. 강렬하게 팔다리를 뻗으며 절도를 뽐내다가도 어느새 어깨를 들썩이며 귀염뽀짝한 내가 되었다. 정신이 하나도 없었기에 내가 얼마나 잘 추는지 못 추는지 따질 겨를도 없었다. 시간이 지날수록 땀이 차올랐고, 30분 정도가 지나자 마스크가 흠뻑 젖었다. 뭐가 뭔지는 잘 모르겠지만, 춤을 추는 기분은 좋았다.

특히 후반부의 몇 동작을 하며 나는 내가 줌바 댄스를 오래 하게 되리라 예감했다. 두 팔을 위로 쭉 편 채 몸을 붕붕 띄우며 오른쪽으로 갔다가 왼쪽으로 갔다가 하는데, 정말이지 신이 났다. 박자가 잘게 쪼개진 가요를 들으며 아이돌 군무처럼 격하게 춤을 추는 것도 가슴을 시원하게 해줬다. 그 어떤 운동을 할 때보다 시간이 빨리 흐른다는 점도 마음에 들었다. 강사님을 따라 정신 쏙 빠지게 춤을 추다 보니 50분이 휙 지나 있었다. 일주일에 2회, 춤을 추는 나날이 시작되었다.

지난 9개월, 매주 화요일과 목요일이 되면 7시 56분쯤 집을 나섰다. 가끔은 춤이고 뭐고 귀찮을 때도 있었지만 걸어서 2분 거리라는 커다란 이점이 핑계를 대기도 어렵게 했다. 이걸 귀찮아해서 도대체 뭐가 될 수 있겠느냐 스스로 훈계하는 것도 귀찮아 얼른 운동복을 갈아입고 엘리베이터에 올랐다.

9개월이라는 긴 시간이 흘렀지만 안면을 트고 인사를 하는 사람이 생기진 않았다. 사교적이고 친절한 분들이 묵례를 해주면 따라 묵례를 하는 게 다다. 사람들이 두세 명씩 모여 대화를 하다가 웃음꽃을 피우면 두세 발자국 뒤에서 말없이 듣다가 혼자 훗 웃으며 몸을 푸는 포지션. 내가 오래도록 견지해온, 가장 편해하는 포지션이다. 그렇기에 여기에서도 무리에서 살짝 빗겨 난 태도로 조용히 준비운동을 하다가 음악이 나오면 아바타처럼 몸을 흔들기를 9개월이었다.

그간의 변화라면, 음악이 나오면 나도 모르게 둠칫둠칫 춤을 추게 됐다는 것이다. 집에 혼자 있다가도 갑자기 노래를 흥얼거리며 춤을 춘다. 라인 댄스에 이어 줌바 댄스까지 하게 된 언니와 춤에 대한 진지한 대화를 나누며 같이 몸을 흔들기도 한다. 일주일에 두 시간, 제대로 배우지도 않고 정신없이 추는 것뿐인데도 아주 가끔 내가 춤을 잘 추는 사람이라는 기분에 휩싸이기도 한다. 내 몸에서 어떤 바이브가 느껴진다고나 할까. 그래서 몸을 꿀렁이다 보면 웃기기도 해서, 가끔은 실제 풋 웃어버리기도 한다.

영화 〈실버라이닝 플레이북〉에서 줄곧 화가 나 있던 브래들리 쿠퍼는 춤을 추고 나서 처음으로 조금은 풀어진 얼굴이 된다. 엄청 대단한 춤을 춘 것도 아니고, 줌바 댄스 첫 수업에서의 나보다도 더 서툴게 추고 나서의 변화였다. 무언가를 하고 나서 조금은 풀어진 얼굴이 되는 것, 별것 아닌 것 같지만 이건 꽤 의미심장한 변화 아닌가. 풀어진 브래들리 쿠퍼의 얼굴엔 약간의 생기가 스며들어 있었다. 나 역시 춤을 추고 나면 몸에서 생기가 느껴졌다. 축 처져 있던 몸이 한 시간의 역동성을 맛본 후 살아난 느낌이었다.

하루 종일 집에 혼자 있다가 음악 소리가 쾅쾅 울리는 곳에 서면, 나의 본능이 만족하는 느낌을 받기도 한다. 혼자 있으니 마음은 편했을지 몰라도, 길고 긴 진화의 과정에서 결코 독립하지 못한 나의 본능은 분명 아쉬운 점이 많았을 것이다. 사람과의 접촉, 그들과 함께 무언가를 향해 나아가는 공동체 의식 같은 걸 원하는 나의 본능은 내가 사람들 틈에 끼어 그들과 같은 동작을 하면서 신나하고 땀도 흘리고 또 웃는 걸 매우 마음에 들어 했다. 이를 잘 알기에 귀찮음이 하늘을 뚫는 날에도 얼른 패딩을 걸쳐 입고 내려와 나를 사람들 사이에 놓아두었다. 혼자서 잘 지내려면, 가끔은 혼자가 아니어야 하니까.

이 글을 쓰다가 깨달은 건데, 줌바 댄스를 시작하고 나서 음악도 더 듣게 되었다. 꽂히는 음악이 있으면 한동안 그것만 듣다가 아예 음악 없는 삶을 살곤 하는데, 요즘은 자주 음악을 틀어놓는다. 주로 청소를 하거나 요리를 할 때다. 음악을 틀어놓고 몸도 흔든다. 몸을 흔들 때 내 손엔 청소대가 들려 있기도, 국자가 쥐어 있기도 하다. 가끔은 멈춰 서서 노래도 부른다. 춤과 음악이 나의 일상에 스리슬쩍 침투한 건데, 이처럼 스리슬쩍 침투한 것들엔 원래 당해내기 어렵다. 당해내기도 싫으므로, 나는 앞으로도 청소를 하다가, 요리를 하다가 몸을 흔들게 될 듯하다. 그러다 보면 춤도 좀 잘 추게 될까.

혼자 있어도 함께 있는 듯한

오랫동안 멀어졌던 취미에 다시 빠져들고 있다. 책에 관해 이야기하는 팟캐스트를 다시 듣기 시작한 것이다. 여러 팟캐스트를 기웃거리다가 '책읽아웃'에 자리를 잡았다. 요즘은 자기 전 침대에 누워 듣는다. 침대 맡 조명등만 켜놓은 채 바디 필로우를 꼭 껴안고는 가만히 숨죽인다.

나는 지금 내 방에 있고, 방은 은은하게 어두우며, 혼자이지만 혼자가 아닌 느낌이다. 혼자인 내 몸 위로 목소리가 흐르고 그 목소리는 내가 가장 좋아하는 소재로 이야기를 들려준다. 내가 지금 듣는 이야기는 내가 생각하는 가장 이상적인 형태의 대화 방식을 통해 흘러나온다. 질문과 대답, 배려와 위트, 호의와 호응, 감정과 생각의 자연스러운 교류.

세상 편하게 누워 팟캐스트를 들을 때의 난, 눈앞에 앉아 있는 친구의 이야기를 들을 때처럼 맞장구를 쳐줄 필요는 없지만, 그럼에도 친구와 함께 있을 때와 마찬가지의 감정은 느낀다. 목소리들이 웃으면 같이 킥킥거리고, 목소리들이 울림 있는 말을 하면 살짝 멍해지고, 목소리들이 울먹이면 같이 울컥한다. 한 시간 넘는 팟캐스트를 다 듣고 나면 좋은 이야기 하나를 또 가슴에 새긴 것 같아 뿌듯하다. 나중에 친구와 만나면 나도 이런 좋은 이야기를 나누고 싶다는 생각이 든다.

며칠 전엔 정혜윤 작가가 나온 편을 들었다. 언젠가 정혜윤 작가가 말하는 모습을 보며 '그녀의 목소리는 구름을 머금고 있구나' 하고 생각한 적 있다. 비음이 살짝 섞인 목소리로 나는 미처 보지 못한 것들에 관해 나는 결코 생각하지 못한 방식으로 말하는 그녀. 그녀는 이번에도 그녀만의 구름을 타고 이야기를 했고, 이야기를 듣다가 나는 여러 번 가슴이 벅찼고 마지막엔 조금 울었다. 바디필로우를 꼭 껴안은 채 팟캐스트가 끝날 때까지 잠에 들지 않았다.

긍정적인 생각이 필요할 때

지난주엔 도저히 안 되겠다 싶어서 안과에 갔다. 일주일 넘게 지속된 눈의 피로가 점점 심해져 이젠 눈을 뜨고 있기도 힘들었다. 눈을 잔뜩 찌푸린 채 글을 쓰다가 박차고 나와 근처 안과를 찾은 거였다.

어떻게 안 좋으신가요. 의사 쌤이 묻기에 눈이 너무 피로해서 자꾸 감고 싶다고 대답했다. 그러자 놀랍게도 그는 아주 지긋지긋하다는 투로 말했다. 그간 쌓인 게 많았는지, 눈이 피로하다고만 하면 뭘 알 수 있겠느냐며 어떤 식으로 안 좋은지 구체적으로 설명을 해보라고 했다. 눈에 핏발이 섰는지 눈이 간지러운지 말해보라고 해서, 보시다시피 눈에 핏발은 서지 않았고 눈도 간지럽지 않다고 대답했다. 몇 마디를 더 주고받았지만 우리는 끝내 소통하지 못했고, 나는 영문 모를 알레르기용 점안액과 일회용 인공누액을 처방받아 집으로 돌아왔다. 눈에 점안액을 똑 떨어뜨리는 기분이 바닥으로 내려앉았다.

정말 가지가지 하네. 하다 하다 이제 눈도 아픈 거야? 안 그래도 내 몸에는 이미 여러 증상과 통증이 머물고 있었다. 또 도진 허리 통증, 한 달이 지나도 나을 기미 없는 피부염, 며칠 전 샤워를 하다가 시작된 손목 통증. 특히 샤워볼로 등에 거품을 묻히다가 손목을 부여잡아야 했을 땐 어이가 없어 말도 나오지 않았다. 운동으로 누적된 피로가 원인인 듯했으나, 그럼에도 등을 닦다가 손목이 잘못되었다는 사실에 나는 어쩔 수 없이 내 몸이 나이 들어간다는 걸 자각할 수밖에 없었다. 그런데 이젠 눈까지. 노안인 건가.

환자 상태엔 전혀 관심 없어 보이던 그 의사도 노안 가능성을 언급한 걸 봐선, 어쩌면 그럴 수도 있겠다고 생각하며 인터넷 검색을 했다. 눈이 피로하면 안구건조증일 가능성이 높다는 글을 몇 개 읽었다. 이 증상을 뭐라 명명하든지 간에 나는 치료 방법을 알고 싶었다. 눈이 피로할 때의 치료 방법은 하나였다. 눈 쉬게 하기. 눈을 쉬게 하는 방법은 간단했다. 장시간 책이나 모니터, 전자기기 보지 않기.

조언을 마음에 새긴 나는 한글을 열었다. 장시간 보지 말라고 했으니 단시간은 봐도 되지 않을까. 조심스럽게 글을 써보기로 했다. 10분쯤 눈을 찌푸리고 글을 쓰다가 눈을 감았다. 다시 눈을 떠 쓰다가 또 감았다. 결국 글쓰기를 포기하고 거실로 나왔다. 뭉근하게 몸을 점령해오는 우울감을 느끼며 소파에 누웠다. 우울감이 쉽게 떨쳐지지 않았다.

어릴 적부터 잔병치레를 해왔기에 아픈 건 그리 낯설지 않다. 언젠가 어떤 사람이 마흔 넘도록 아픈 적이 없어서 속이 더부룩한 느낌도 모른다는 이야기를 들었을 때, 나는 그 사람이 영화 〈언브레이커블〉의 주인공 못지않은 초인처럼 느껴졌다. 온몸 구석구석에 건강이 차오른 상태. 끝내주게 건강한 이런 상태에 대한 감각이 나는 낯설다. 물론 아플 때보다 아프지 않을 때가 많았지만, 괜찮을 만하면 여기저기가 문제를 일으키다 보니 '건강하고 활력이 넘치는 나'라는 이미지를 갖긴 어려웠다.

하지만 아무리 잔병치레를 했더라도 이렇게 여러 증상이 한 번에 몰려온 적은 없었다. 이미 겪은 적 있는 증상(허리와 손목 통증)은 그런가 보다 해도, 처음 겪는 증상(피부염과 눈의 피로) 앞에선 좋은 기분을 유지하기 어려웠다. 그래도 어떻게든 기분을 추스르며 증상에 따른 조치를 해나갔다. 왼손엔 손목 보호대를 차고, 허리에 좋다는 스트레칭을 하고, 피부염은 면역력 때문인 것 같아 면역력에 좋다는 약을 먹고, 휴대폰 블루라이트를 차단하고, 책과 모니터는 멀리하고.

여러 조치를 취하며 며칠 지내다 보니 어느 정도 기분은 복구됐다. 기분이 안 좋으면 나만 손해이므로 긍정적인 생각도 짜냈다. 좋게 생각하자면, 조치를 취할 수 있는 것만으로도 꽤 괜찮은 상황이라 볼 수 있었다. 조치마저 취할 수 없으면 어떡할 뻔했나. 조치가 조금씩 효과를 발휘해 문제가 축소되거나 흐려진다면 내 일상은 사실상 그전으로 돌아간 것이나 마찬가지일 거였다. 상황을 너무 긍정적으로 보는 것일 수도 있지만, 때로 이렇게 긍정을 짜내야 할 필요도 있다는 걸 나는 지난해에 알게 되었다.

지난해 말, 층간 소음으로 신경이 극도로 예민해졌다. 야속하게도 윗집에서 소리가 날 때마다 신경이 쏠렸다. 층간 소음 유경험자들은 이를 '귀가 트인다'라고 표현했다. 귀가 트이다 못해 이젠 윗집에서 쿵 소리만 나도 가슴이 두근거렸다. 며칠 낮밤을 층간 소음 유경험자들의 글을 읽으며 함께 분노했고, 층간 소음이란 무엇이며 층간 소음이 아래층 사람에게 미치는 다종다양한 영향엔 무엇이 있는지를 정성스레 분석한 글을 읽으며 무한 공감했다. 층간 소음에 시달리다 정신과 치료까지 받은 사람이 있다는 글을 읽다가 나는 미니 스피커를 구입했다. 윗집 아이가 뛰기 시작하면 빠른 리듬의 노래를 크게 틀어 내 쪽에서도 소리와 진동을 만들기 위해서였다.

층간 소음 지옥 속에서 허우적대다 노이즈 캔슬링 헤드폰을 알아볼 때였다. 유독 최근에 층간 소음에 예민해진 이유가 궁금해졌다. 전에도 스트레스를 받긴 했지만 이번처럼 허우적댈 정도는 아니었는데. 뭐가 달라진 걸까. 그 순간 내가 거실에 앉아 있다는 걸 알게 되었다. 얼마 전부터 분위기 전환 삼아 거실에서 작업을 하고 있었는데, 어쩌면 이게 이유인지도 몰랐다. 거실에서 하루 종일 시간을 보내니 아이가 뛸 때마다 그 충격을 모조리 흡수하고 있는지도.

깨닫자마자, 노트북을 서재로 옮겼다. 책상에 앉으며 마음을 졸였다. 서재에서마저 층간 소음에 시달리게 된다면 집에서 일을 하는 작업 방식을 대대적으로 손봐야 할 것이기에. 만약 소음 때문에 집 밖에서 일을 해야 한다면 엄청난 스트레스가 될 것이었다. 더더군다나 나는 글을 쓸 때 커다란 모니터가 필요한데, 나갈 때마다 27인치 모니터를 들고 나갈 수도 없는 노릇이었다. 제발 여기선 괜찮길 바라는 마음으로 며칠을 보냈다. 윗집 아이의 마음을 이해한다면 덜 예민해지겠지, 란 바람을 안고 나의 어린 시절을 추억하기도 했다.

그럼에도 쿵 소리가 아예 차단되지는 않아서 이번에도 스피커의 도움을 받았다. 음악 플랫폼에서 백색소음을 모아놓은 앨범을 찾아 켜놓았다. 이제 내 서재에선 파도 소리, 파도에 자갈 굴러가는 소리, 시원한 숲속 소리, 지붕에 비 내리는 소리, 모닥불 소리, 귀뚜라미 우는 시골 밤 소리 등이 OST처럼 잔잔하게 흘렀다. 글을 쓸 땐 아무것도 듣지 않는 나에겐 이 소리들도 거슬리긴 했지만, 그래도 내가 있는 공간을 헷갈리게 해준다는 점에서, 층간 소음을 피해 서재로 피신해 온 처지를 잠시 잊게 해준다는 점에서 도움이 되었다.

그렇게 일주일쯤 지난 어느 저녁, 서재에 앉아 있다가 내가 그날 백색소음을 켜놓지 않았다는 것을 알게 되었다. 그러고 보니 거실에 나갔을 때 쿵 소리가 들렸는데도 가슴이 두근거리지 않았다는 것도 뒤늦게 알아챘다. 순간 안도감이 몰려왔다. 이제 괜한 스트레스를 받지 않아도 돼서. 집을 나가지 않게 돼서. 피신 온 지 일주일 만에 귀가 닫힌 것이었다.

그때 이런 생각을 하게 된 거였다. 문제가 생겼을 시 조치를 취할 수만 있다면 그것만으로도 감사한 거라고. 물론 내 집 거실에서 마음껏 작업할 수 없는 건 유감이지만, 그럼에도 서재에서라도 마음 편히 작업할 수 있으니 얼마나 다행이냐고. 이런 식으로 생각한 건, 물론 생활 스트레스를 줄이고 이왕이면 하루하루 즐겁게 살아가기 위해서였다. 그땐 스트레스를 안 받을 수만 있다면 서재에서 숙식도 해결할 작정이었다.

이번에도 계속 조치를 취해나가고 있다. 2주 후 찾아간 다른 병원에서 안구건조증이란 진단을 받고는 한 달간 독서, 동영상 시청, 글쓰기까지 그만두었다(정밀 검사 결과 노안은 아니었다). 읽고 보는 일에서 커다란 즐거움을 얻던 내겐 가혹한 한 달이 예정된 셈이었다. 하지만 이왕 이렇게 된 거 다른 즐거움을 찾기로 했고, 그 한 달간 나는 오디오북의 즐거움에 빠져 지냈다. 물론 때때로 우울감이 찾아왔기에 여지없이 긍정적인 생각을 짜냈다. 오디오북을 들으면서도 생각했다. 조치를 취할 수 있다면,

도망갈 곳이 있다면, 대안이 있다면, 내겐 문제가 없는 것이나 마찬가지라고. 오디오북이 있어서 다행이지 않냐고.

독자와의 만남

북토크를 하는 기분은 어떨까. 작가가 되고 나서 가끔 상상해보곤 했다. 소설을 읽다가 작가로 등장하는 인물이 북투어를 하는 장면을 보거나, 에세이에서 작가들이 북토크의 이모저모를 알려줄 때, 나라면……? 하고. 책이 출간되면 괜히 좌불안석으로 북토크 요청이 들어오면 어쩌지 걱정하기도 하고, 결국 요청이 안 들어오면 그럴 줄 알았다며 혼자 김칫국을 마셨다 말았다 하는 거, 나뿐만은 아니겠지.

첫 책을 내고 북토크를 한 적 있지만, 이건 북토크라기보단 축하 파티에 가까웠다. 나의 출간을 축하해주기 위해 마음 너른 지인들이 만들어준 자리. 나를 모르거나 나의 지인을 모르는 사람이 아무도 없는 자리였는데도 나는 목구멍이 꽉 막힐 만큼 긴장했었다. 하필 감기에 걸리기까지 해 중간에 기침이 터질지도 모른다는 걱정까지 더해져 북토크 시작부터 끝까지 내 정신이 아니었다. 진행자도 지인, 낭독자도 지인, 질문자도 지인의 지인인 홈그라운드 같은 환경에서도 정신을 못 차렸는데 진짜(?) 북토크를 하게 된다면…… 아우, 생각만으로도 마음이 어려워지곤 했다.

그럼에도 한 번씩 상상해보는 것이다. 내 책을 읽은 독자와의 만남을. 이 만남을 가장 상세히 상상해본 건 킥복싱 에세이를 쓰면서였다. 책이 나오기도 전에 북토크 장소와 날짜 및 시간, 깜짝 이벤트, 드레스 코드까지 기획을 마무리 지었다. 장소는 내가 킥복싱을 했던 체육관, 날짜는 책이 출간되면 2개월 안에 성패가 결정 난다고 해서 '패'로 결정 나기 전 주말의 토요일, 시간은 오후 3시(그냥 이 시간이 가장 적당해 보였다), 깜짝 이벤트는 나를 가르쳤던 코치님들의 지휘 아래 참여자 모두 킥복싱해보기(내 마음대로 코치님들을 주말 출근시키기로 했다), 드레스 코드는 킥복싱을 해야 하므로 세상 편한 츄리닝. 생각만 해도 건강과 재미를 다 잡은 북토크가 될 듯했다.

책이 출간되자마자 바이러스가 돈 바람에 기획까지 끝낸 북토크는 상상 속에만 머물게 되었지만, 바이러스가 돌지 않았다고 해서 상상이 현실이 되었을지는 모르겠다. 북토크를 기획하고 준비하는 건 출판사와 작가지만, 기획과 준비가 있기 전 북토크에 와줄 독자가 먼저 존재해야 하기에. 북토크를 연다고 독자가 와줄까. 그런데 독자는 누구일까. 드레스 코드까지는 꼼꼼하게 상상해봤지만, 나는 나를 보러 와줄 독자 모습만은 구체적으로 그리지 못했다. 누군가가 내 책을 읽어주는 것도 실감 나지 않는데, 그 누군가가 황금 같은 주말 시간에 나를 보러 와준다는 것 역시 믿기지 않는 일이었다. 아무리 상상이라도 믿기지 않는 일을 구체적으로 그리긴 어려워 내 상상 속에서 독자들은 연필로 그린 듯 흐린 테두리로만 겨우 존재했다.

그로부터 2년 후, 작가가 된 지 5년 만에 진짜(!) 북토크를 하게 되었다. 지인들이 마음을 모아 마련해준 북토크, 나만의 상상 속 북토크를 지나, 생애 처음으로 독자를 만나게 된 것이다. 비대면 북토크를 몇 번 거친 뒤 하는 첫 대면 북토크. 북토크 장소는 서울 관악구에 있는 동네 서점 '자상한 시간'이었는데, 경기도로 이사를 오는 바람에 더 이어갈 수 없었지만 내가 매달 소설을 읽고 이야기를 나누던 곳이었다. 북토크가 있던 날, 서점으로 걸어가며 나는 차라리 아무 생각도 안 하려고 했다. 그날 하게 될 첫 북토크에 의미를 부여하기 시작했다가는 평정심을 잃을 것 같아서. 가능하면 담담하고 의연하게, 내가 봤던 다른 작가들처럼 멋지게 독자들을 만났으면 싶었다.

서점엔 열다섯 명 정도의 독자가 와 있었다. 나는 독자 얼굴도 제대로 보지 못하고 자리에 앉았다. 서점 대표님과 나란히 앉아 짧게 근황 토크를 나누고 나서 본격적으로 북토크를 시작했다. 독자에겐 '작가와의 만남'이 될, 작가에겐 '독자와의 만남'이 될 시간이었다. 묻는 말에 착실히 대답하기, 이게 내 전략이었다. 북토크 자리에서 내가 할 수 있는 일이란, 내게 궁금해하는 걸 가장 진실에 가깝게 최선을 다해 대답하는 것일 테니까. 한 번 더 생각해보고, 부질없는 색색깔 포장은 벗기고, 최대한 있는 그대로 말하려 노력했다.

독자와 나는 1미터 사이를 두고 앉아 있었다. 눈이 마주치면 상대의 감정까지 알 수 있는 거리. 존재조차도 가늠하지 못하던 독자와 갑자기 너무 가까워져버린 것이다. 이 거리가 낯설어 고개를 살짝 숙인 채 말을 했다. 그러다 한 번씩 고개를 들 때마다 독자와 눈이 마주쳤다. 그때마다 서로 어색해하고 난리였다. 물론 몸으로 난리를 치진 않았지만 매우 수줍은 난리가 나와 독자 사이에 있었다.

독자의 질문을 받는 시간. 손을 들고 질문하는 독자의 목소리를 듣는데, 나름 잘 통제하던 감정과 마음이 출렁이기 시작했다. 내가 쓴 문장을 읽던 순간의 감정을 부드럽게 전해주는 목소리, 내가 쓴 소설 속 인물에 깊은 공감을 드러내는 목소리를 듣는데 발끝에서부터 전율이 올라왔다. 자칫 잘못하다간 울어버릴 수 있겠단 생각에 나는 감정을 단단히 붙들고 독자의 질문에 대답했다.

독자와 말을 주고받는 사이, 흐린 테두리로만 존재하던 그들이 서서히 진동하며 그 안이 따뜻하고 물렁하게 꽉 채워지는 게 느껴졌다. 독자는 존재했다, 너무나 구체적으로. 그날, 나는 독자를 만났다.

이후 독자를 만나러 열심히 다녔다. 기차를 타고 한 시간도 달려가고 네 시간도 달려갔다. 불러주는 곳이 있으면 다 가고 싶었지만, 그러지 못하는 건 나라는 인간의 한계 때문이었다. 체력이란 한계, 내향적 인간이란 한계, 가는 방법과 오는 방법이 묘연하면 그 어디든 가지 못하는 길치의 한계, 그리고 버스를 오래 타면 간혹 호흡이 불안해지는 예민한 인간이란 한계. 이 모든 한계를 피해가며 전국으로 갔다.

북토크는 해도 해도 쉽지 않았다. 무엇보다 말을 하는 게 어려웠다. 나더러 말을 하라고 마련해준 자리인데도, 나 혼자 이렇게 오래 말해도 되나 같은 생각에 사로잡혀 얼른 말을 마무리하기도 했고, 말을 많이 하고 집으로 돌아오면 내가 한 말의 양에 짓눌려 마음이 무거워지기도 했다. 그럼에도 열심히 다닌 건, 당연히 독자를 만나기 위해서였다.

혼자 말을 하는 것도 말을 많이 하는 것도 어려워하는 나지만, 북토크에선 독자들의 둥그런 눈빛에 의지하며 한 마디, 한 마디 나에 대해 말했다. 작가는 자기 자신에 대해 말하는 사람이고, 독자는 자기 자신에 대해 생각하는 사람이므로, 내가 말을 할 때면 말과 생각이 공간 여기저기에서 반갑게 만났다 헤어지는 게 느껴졌다. 북토크에 갈 때마다 나는 욕심을 품었다. 오늘 이 만남이 작가와 독자 모두에게 즐거운 시간이 되길, 집에 돌아가는 길이 평소와 조금 다르게 느껴지길. 나는 매번 그랬는데, 독자들은 어땠는지 모르겠다.

작가란 누구이고, 독자란 누구일까. 작가란 어딘가로 걸어 나가 쭈뼛거리는 자세로 프리 허그를 하겠다며 혼자 서 있는 사람이라면, 독자란 그런 작가에게 다가와 안

아주는 사람. 작가의 입장에선 이렇게 말할 수 있다. 아니, 여길 어떻게 알고 오셨나요, 아무도 안 올 줄 알았는데. 작가에게 독자란 내가 여기 있다는 걸 알아주는 사람. 독자 입장에선 이렇게 말할 수 있다. 아니, 지금까지 어디 계셨나요, 한참 찾아다녔잖아요. 독자에게 작가란 거기 있어주어 고마운 사람. 서로 수줍게 껴안은 두 사람은 똑같은 크기의 고마움을 느낀다. 작가가 되어 좋은 건, 이 두 마음을 다 알 수 있어서.

내 집에 놀러 와

이 집에 온 첫 손님은 뜻밖에도 J였다. 바쁜 애가 이렇게 서두를지 몰랐는데. 아직 집에 소파도 들어오지 않았고 나도 퇴사를 하기 전이던 때, J는 단체 카톡방에 예고를 해왔다. 보름아, 나 조만간 너네 집에 갈 거야. 언제 갈지 모르겠지만 기다리고 있어. 날짜는 미리 정할 수 없으나 시간이 나면 언제든 갈 테니 그리 알고 있으라는 말이었다.

결혼 전부터 우리 중 가장 바빴던 J는 결혼 후에도 가장 바빴는데, 아이가 한 명 태어날 때마다 조금씩 더 바빠지더니 지금은 아이 넷을 키우느라 말도 못 하게 바빠졌다. 같이 있을 때 집에서 전화가 오지 않은 적이 없을 정도로 찾는 사람도, 할 일도 많은 J. 나는 내 헐렁한 스케줄도 제때 처리하기 위해 부산을 떨며 사는데, J는 도대체 어떻게 그 큰 가정을 꾸리며 사는 걸까. 언젠가부터 나는 J의 일상을 가늠해보는 일을 그만두었다. 대신 내게 J는 카톡 회신을 받지 못해도 섭섭하지 않은 유일한 친구가 되었다.

조만간 오겠다던 J는 얼마 후 오늘이 그날이라 알려왔다. 그날, J는 밤 10시 넘어 육아 퇴근을 했고, 10시 37분에 집을 나섰다. 드라이브를 좋아하는 친구는 노래를 크게 틀어놓고 스트레스를 풀며 달려왔고, 중간중간 단톡방에 카톡을 남겼다. 알람이 울릴 때마다 단톡방에 있는 우리 네 명도 한마디씩 대꾸를 했다. 나뿐 아니라 다른 친구들도 각자의 집에서 J가 내게 오는 상황을 예의주시하고 있었다. 그 밤, 우리의 재미 포인트는 두 가지였다. 하나는 친구가 이 늦은 밤에 다른 친구네 놀러 가고 있다는 것. 둘은 우리 중 처음으로 1인 가구가 된 친구의 집이 공개된다는 것.

2021년 기준 우리나라 1인 가구의 비율은 33.4퍼센트였고, 2022년 5월 기준 단톡방에 모인 우리 다섯 중 1인 가구의 비율은 이제 막 20퍼센트가 된 참이었다. 한 달 전까지만 해도 우리 중 혼자 살아본 경험이 있는 사람은 아무도 없었다. 결혼한 두 친구는 가족과 살던 삶에서 배우자와 사는 삶으로 바로 넘어갔고, 다른 세 명은 가족과 살고 있었으므로. 그렇기에 나의 독립은 친구들에게도 소소한 이벤트쯤은 되었다. 이벤트가 생겼으니 발동된 궁금증. J 역시 궁금증을 안고 달려오고 있을 거였다.

11시 30분쯤 J가 주차장에 도착했다. 나는 현관문을 활짝 연 채 고개를 내밀고는 친구를 기다렸다. 엘리베이터가 열리고 J가 나왔다. 깜짝 놀란 J가 오전 11시에 나올 법한 쾌활한 목소리로 왜 나와 있느냐며 나를 안으로 밀어 넣었다. 나는 친구의 양손에서 선물을 받아 들며 말했다. 뭘 이렇게 많이 가지고 왔어. 야, 그거 다 좋은 거야. J는 오자마자 자신의 도착을 단톡방에 알렸다. 한 친구가 둘이 찍은 사진을 올리라고 해서 우리는 시키는 대로 찍어 올렸다가 나이는 못 속인다는 평을 들었다. 곧 단톡방은 조용해졌다.

이야, 황보름, 축하해. J가 선물을 하나하나 설명해주고 나서 주변을 둘러보며 말했다. 친구는 이 늦은 밤에 이 말을 해주러 왔을 거였다. 나는 씩 웃으며 고맙다고 말했다. J는 거침없이 이 방 저 방 들어가며 우리 중 세상 물정에 가장 밝은 친구답게 집은 자가냐 전세냐(전세지), 대출은 받았냐 안 받았냐(받았지) 같은 질문을 던지며 살림을 샅샅이 구경했다. 집 구경을 끝낸 J가 거실로 나오며 날 봤다. 친구의 고양이 눈이 부드럽게 풀렸다.

네가 원하는 삶을 살게 됐네?

친구의 말에 나는 미소를 지었다. 그리고 그러네, 라고 대답했다.

오늘 J가 급히 서두른 이유, 알고 있긴 했다. 며칠 전 J는 교보문고에 내 책이 진열되어 있는 모습을 찍어 단톡방에 올려주면서 본인이 산 책 역시 찍어 올려주었다. 여기에 다 사인을 받아야 한다면서. 바쁜 와중에 독서 모임까지 하고 있는 J는 다음 모임에 사인본을 들고 가 모임원들에게 선물할 계획이랬다. 원래는 각자 책을 구해 읽는데 이번만큼은 J가 통 크게 선물을 하는 듯했다. J는 스무 권이 넘는 책을 내 앞에 차곡차곡 쌓아 올렸다. 나는 뭐라고 말해야 할지 모르겠어서 가만히 책이 쌓이는 모습을 지켜보았다. 책을 이렇게 많이 사주어 고맙다고 해야 할지, 책을 이렇게 많이 사게 해서 미안하다고 해야 할지 망설이다가 나는 고맙다고 말했다. J는 말은 그만하고 얼른 앉아 사인을 하라며 재촉했다. 뭘 좀 먹을래냐는 내 말에 마실 거나 달라고 해서 컵에 탄산수를 따라주곤 네임펜을 찾았다. 빨리 가야 돼? 오자마자 서두르는 친구에게 묻자 J가 당연하단 듯 말했다. 벌써 열두 시다.

나는 J 앞에서 세상에서 제일 못하는 일 중 하나를 하고 있었다. 손글씨 쓰기. 그것도 누가 보는 앞에서 쓰기. 웬만한 일을 할 땐 자신이 있다거나 없다거나 하는 생각이 거의 없는데, 글씨를 쓸 땐 없는 자신감이 더 없어진다. 위축도 잘 돼서, 이게 뭐라고 실수를 할 때도 많다. 누가 보는 앞에서 글씨를 쓰다가 너무 당황해 획 순서를 바꾼 적도 있다. '보'를 써야 하는데 나도 모르게 'ㅗ'를 먼저 쓰는 식이다. 이후 민망함을 느끼며 'ㅗ' 위에 'ㅂ'를 어색하게 올린다.

아무리 친한 친구지만 J 앞에서도 글씨를 쓰며 긴장을 했다. 괜히 방어적으로 이런 말도 했다. 나 악필인 거 알지? 예쁘겐 못 쓴다. 간혹 사인을 하다가 글씨가 너무 엉망으로 써졌을 때, 아이고, 제가 악필이라서요, 하면 언제나 괜찮다는 대답이 돌아왔던 걸 기억하며. 하지만 역시 친구는 친구인지 J는 글씨 좀 똑바로 쓰라고 나무라더니 심지어 이미 쓴 글씨를 수정하라며 불가능한 요구를 해왔다. 야, 이거 모야. 왜 획을 끝까지 안 긋고 긋다 말아. 황보름, 넌 어떻게 중학생 때랑 글씨가 하나도 안 변했냐? 천천히 잘 좀 써봐, 천천히.

빨리 가야 한다며 서두를 땐 언제고 이젠 천천히 쓰라는 친구의 말에 나는 다시금 긴장한 채 사인을 했다. 친구가 적어준 이름들을 하나하나 확인하며 아무리 천천히 쓴다 한들 글씨가 예뻐지진 않는다는 걸 알면서도 천천히 썼다. 악필이 안타까운 건 아무리 심혈을 기울여 써도 성의 없어 보이는 데에 있는데, 나는 조금이라도 성의 있어 보이기 위해 획 하나하나에 힘을 쏟았다. 내가 말도 없이 사인에 열중하는 모습에 감동한 것인지 아니면 포기한 것인지, J는 조용히 지켜보기만 했다. 그러다 J가 물었다. 혼자 사니 좋아? 나는 사인을 하며 고개를 끄덕였다. 넌 네가 원하는 걸 다 이룬다, 그치? 이 말엔 바로 고개를 끄덕이지 못했다. 그럴 리가, 하는 표정으로 고개를 드니 J가 나 대신 고개를 끄덕여주었다. 넌 그랬어, 늘. 나 안 된 거 많은데, 힘든 적도, 알잖아. 알지, 그래도 이루잖아.

J가 하는 말에 동의가 되는 건 아니었지만, J가 하는 말이 무슨 의미인지는 알 수 있었다. J의 "다 이룬다"라는 말은 J가 늘 내가 살아가는 방식을 좋게 바라봐주고 있다는 걸 의미했다. 악필 같은 작은 단점들을 놀리기는 해도, J는 내가 큰 결정을 하거나 새로운 길을 나설 땐 언제나 힘을 주는 말을 해주었다. 언젠가는 그냥 앞으로의 계획을 허무맹랑하게 떠벌였을 뿐인데도, 황보름, 대단하

다, 라며 나를 추켜세웠다. 그 계획은 말로만 끝났는데도 나는 그때 내가 어디에서 J에게 전화를 했는지, J가 뭐라 말해줬는지 아직도 기억한다. J는 내가 어떻게 해서든 내 삶을 원하는 쪽으로 끌고 가려 애쓰는 모습을 응원해주려는 것 같았다. 아니, 응원을 해준다기보단, 진짜 좋게 봐주는 것 같았다. 나와 내 삶의 방식을 그저 좋게 봐주는 사람. 그 시선이 주는 든든함을 시간이 지날수록 더 깨달아가고 있다.

사인을 다 끝냈는데도 J는 돌아갈 생각은 않고 이야기를 시작했다. 언제나 드라마적 요소가 짙은 J의 이야기를 들으며 나도 많은 말을 했다. 벌써 한 시다. 벌써 두 시다. 시간을 확인하면서도 의자에 엉덩이를 붙인 채 끊임없이 수다를 떨었는데, 분명한 건, 우리 둘 다 이 수다를 계속 이어가고 싶어한다는 것이었다. J가 들어오자마자 서두른 이유는 나의 출근 때문이었다는 게 확실해졌다. 너 괜찮아? 너는 괜찮아? 난 괜찮아. 나도 괜찮아. 수시로 서로의 상태를 물으면서도 끝까지 이야기에 이야기를 이어가던 우리는 새벽 3시가 되어서야 억지로 몸을 일으켰다. 나는 바로 자면 되지만, J가 한 시간을 달려갈 생각을 하니 걱정이 됐다. 운전 괜찮겠어? 내 말에 J는 오후 3시에 나올 법한 목소리로 괜찮아, 괜찮아, 하면서 손을 흔들었다.

J가 가고 나서 J가 들고 온 선물을 정리했다. 사과즙 한 박스는 냉장고 아래 칸에 넣고, 낱개 포장된 달걀도 하나씩 꺼내 달걀 보관통에 담았다. 낱개 포장된 달걀이라니, 얘는 이런 걸 어디서 사는 걸까, 엄청 비싸 보인다, 같은 생각을 하며. 달걀 보관통을 냉장고에 조심스레 넣으며 나는 내가 아는 J의 삶을 짧게 훑었다. J의 삶이 커다랗게 물결칠 때마다 나는 어디에서 무슨 말을 해주었나 생각하니 부끄러워 목덜미가 뜨거워졌다. 해주어야 할 말들을 제때 하지 못한 나는 다음에 J를 만나면 할 말을 미리 생각해두었다.

J야, 내 집에 놀러 와. 언제든, 몇 시든.

너의 그 드라마적 요소가 짙은 이야기와 함께.

혼자 여행을 해야 한다면

제주도를 한 달 혼자 여행한 적이 있다. 혼자선 당일치기 여행도 한 적 없으면서 무턱대고 왕복 비행기표를 끊고 게스트하우스를 예약했다. 제주도 해안가를 따라 열 개 남짓한 게스트하우스에 묵으며 매일 달렸다. 처음엔 혼자 밥 먹는 것도 어색하더니 혼밥 몇 번 만에 해물뚝배기에 맥주도 시켜 먹을 수 있게 되었다. 여행의 끝자락엔 처음으로 10킬로미터를 달려봤고 여행을 다녀와선 마라톤 대회에서 10킬로미터 완주도 했다. 해보지 않았던 것들을 많이 한, 잊을 수 없는 여행이었다.

하지만 제주도 한 달 여행 후 나는 다시 혼자 여행을 하지 않았다. 그 여행이 내게 알려준 건, 나는 혼자 하는 여행이 그리 맞지 않은 사람이라는 것이었기에.

낯선 환경을 감당하는 힘이 내겐 별로 없는 것 같다. 낯선 환경이 주는 설렘보단 불안함이 더 크게 작용한다. 설레긴 한데 불안한 마음이 먼저인 것이다. 그렇기에 며칠에 한 번씩 게스트하우스를 옮기고 새로운 사람을 만나고 새로운 곳을 찾아 나서는 일은 끝까지 내게 미션으로 남았다. 미션을 수행하면서는 그런대로 잘 해내고 있다고 생각했지만, 여행이 끝나고 나서야 매일 진땀을 흘리고 있었다는 걸 알게 되었다.

여행을 해야 한다면 혼자 하는 여행보다 함께 하는 여행을 하고 싶다. 낯선 환경에 불안해질 때 낯익은 눈이 내 눈을 바라봐줄 수 있도록. 여행지의 모든 것이 낯설어도 하나만큼은 낯설지 않길 바라는 것이다.

만약 동행 없이 낯선 곳으로 가야 한다면 나는 기어코 그곳을 낯익게 만들어버리고 싶다. 매일 낯선 거리를 찾아 나서는 대신, 낯선 거리를 가고 또 가서 낯익게 만들어버리는 것이다. 어느 외국 도시로 긴 여행을 떠나야 한다면 한곳에 머물며 같은 골목을 매일 걸어 다니고 싶다. 이왕이면 단골 식당, 단골 카페도 만들면서. 불안이 서서히 걷혀 그곳을 설레하며 바라볼 수 있도록.

스쿼트의 정석

복싱은 2개월도 못 채우고 그만뒀다. 3개월 치 회비를 미리 지불했기에 돈은 아까웠지만, 한시라도 빨리 다른 체육관을 찾아보는 게 나의 근육을 위한 길이라는 판단에서였다. 제대로 알아보지도 않고 덜컥 등록한 복싱장은 정말이지 복싱에만 집중했다. 예전에 킥복싱을 배울 때처럼 근력 운동도 시켜줄 줄 알았는데 아니었다. 줄넘기 10분 후 한 시간 내내 스텝만 밟다 보면 점차 무의미의 세계로 빠져들었다. 설렁설렁 다니려고만 들면 한없이 설렁설렁 다닐 수 있는 분위기도 아쉬웠다. 이걸 할 시간에 차라리 걷는 게 낫겠다는 생각이 든 순간 그만 다니기로 결정했다. 사물함에서 글러브를 빼 온 날, 나는 바로 다른 체육관을 알아봤다.

알아본들 갑자기 집 앞에 체육관이 뚝 떨어질 리는 없었다. 내가 딱 원하는, 기능성 트레이닝 체육관이. 그래도 포기하지 않고 계속 알아보니 정말 기적처럼 집 앞에 체육관이 뚝 떨어졌다. 크로스핏으로 검색할 땐 안 보이더니, 지도 앱을 늘였다 줄였다 하며 체육관을 하나하나 확인하니 불시에 모습을 드러낸 체육관. 오픈한 지 몇 개월 안 된 체육관이었고, 위치는 내가 마트에 갈 때마다 지나치는 건물 지하에 있었다. 나는 내적 환호성을 질렀다.

이제 장 볼 일 있으면 운동 끝나고 보면 되겠다, 같은 중요한 생각을 하며 며칠 후 체육관을 찾았다. 체육관은 깨끗했고 코치님은 누가 봐도 운동하는 사람이었다. 상, 하체 모두 두툼한데 우락부락하지 않은 몸. 키웠다는 느낌보단 단련했다는 느낌이 드는 몸.

긴 시간 몸을 단련했을 게 분명한 코치님 맞은편에 앉았다. 코치님이 시키는 대로 주소와 이름, 전화번호를 적고 희망 운동 기간은 3개월로 체크했다. 코치님은 내게 운동을 해본 적이 있는지 물었다. 킥복싱을 했다고 하면 나에 대한 기대치가 올라갈 우려가 있어 그냥 크로스핏을 1년 정도 해봤다고 말했다. 운동 목적이 무엇이냐 묻기에 굳이 복싱장을 다니다 말고 이곳에 온 이유를 분명히 밝혔다. 근력 향상과 체력 증진. 고개를 끄덕이는 코치님께 나는 이루지 못할 꿈인 줄 알지만 그래도 혹시 몰라 물었다. 저어, 코치님, 일주일에 두 번씩 3개월간 이곳에서 정말 열심히 운동을 하면 저에게도 복근이 생길까요? 코치님은 빙그레 웃으며 안 생긴다고 말해주었다.

복근에 대한 미련은 깨끗이 버린 뒤, 다른 사람들과 함께 코치님을 따라 몸을 풀었다. 한 시간 수업만으로도 코치님의 철학을 분명히 알 수 있었다. 코치님은 운동에서 가장 중요한 건 정확한 자세라고 여러 번 말했다. 부정확한 자세로 천 번을 하는 것보다 정확한 자세로 열 번을 하는 게 낫다고까지 했다. 그런 의미에서 코치님은 내 스쿼트 자세를 바꿔야 한다고 말했다. 4년 전 크로스핏을 한 이후 나름 꾸준히 스쿼트를 해온 내겐 청천벽력 같은 말이었다. 스쿼트 50번 정도는 힘 하나 들이지 않고 할 수 있다는 자부심으로 살아왔는데, 자세가 틀렸다니. 정말 내 자세가 잘못됐을까, 괜히 하는 말 아닐까, 하는 의구심은 코치님의 스쿼트를 본 순간 사라졌다. 그간 수많은 스쿼트를 보며 살아왔다고 생각했는데, 이제야 스쿼트의 정석을 보고 있다는 생각이 들었다. 코치님은 마치 투명 의자에 앉았다 일어나듯 스쿼트를 했다. 앉을 때에도 상체가 숙여지지 않고 꼿꼿한 게 신기했다. 그에 반해 나는 앉을 때마다 허리를 구부정하게 숙이고 엉덩이는 너무 뒤로 뺐다. 복근이고 뭐고 스쿼트부터 다시 시작해야 했다.

스쿼트 자세가 엉망이라는 소리를 듣긴 했지만, 운동 후 장을 보는 기분은 매우 가벼웠다. 다시 근력 운동을 하게 되어 마음이 놓였다. 몸에 좋은 식재료를 장바구니에 넣은 듯 마음도 든든했다. 필수 영양소를 챙겨 먹듯 일주일에 두 번만 체육관에 간다면 적어도 근육이 부족해지진 않겠지. 마지막 남은 한 방울의 힘까지 쓰게 만드는 운동을 찾아다니는 나를 신기해하는 친구들도 있다. 복싱장에 등록하기 전 타바타 운동을 할 때도 한 친구는 왜 그런 힘든 운동을 하느냐고, 자긴 힘들어서 못 하겠다고 했다(타바타 수업은 인원이 미달되어 폐강됐다). 친구에게 나는 이렇게 말할 수밖에 없었다. 저질 체력으로 태어나 봤니? 그러니까, 일부러 운동을 찾아다니며 하는 건 저질 체력으로 태어난 사람의 숙명이랄까.

하지만 숙명을 받아들이고 꾸준히 운동을 하다 보니 숙명을 넘어선 지점에 다다르게도 됐다. 확실히 체력도 좋아지고 힘도 세진 걸 느낀다. 처음 보는 사람한테 체력이 좋다느니 힘이 좋다느니 하는 소리를 듣기도 한다. 몇 개월 전 클라이밍 체험을 할 때도 힘이 좋은 편이라는 말을 들었다. 영업 멘트라는 의심을 하지 않은 건, 나도 내가 홀드에 매달리자마자 떨어질지 알았는데 그러지 않아 놀랐기 때문이다. 1단계 코스를 어렵지 않게 성공하고 나선, 대체 이 폭발적인(!) 힘이 어디에서 나왔는지 과거를 되짚어볼 정도였다. 플라잉 요가 덕분이구나, 금방 알게 되었다. 1년 동안 매주 두 번, 해먹에 매달려 뭐라도 하다 보니 팔에 힘도 붙고 악력도 생긴 것이다. 30대 초반까지 팔씨름 한 번 이겨보지 못한 내겐 정말 엄청난 발전인 셈이다.

새로 등록한 체육관에서도 체력이 '보기보다' 좋다는 말을 들었다. 시킨 운동을 이를 악물고 끝까지 해내는 걸 보며 '신체 나이'가 젊다고도 했다. 내 '많은' 나이를 염두에 둔 말 같아 어쩐지 칭찬같이 들리진 않았지만, 그럼에도 칭찬인 건 분명했다. 운동을 하는 이유가 나이와 신체 나이의 간극을 벌리려는 것이기도 하므로 역시 칭찬인 건 분명했다.

체력은 그렇다 치고 스쿼트는 계속 문제였다. 코치님은 말로만 철학을 하는 사람이 아니었다. 정확한 자세의 중요성을 강조만 하고 회원의 부정확한 자세를 대충 넘기는 사람도 있을 텐데, 코치님은 나의 부정확한 자세를 대충 넘어가는 법이 없었다. 체육관 구석에서 스쿼트를 하고 있다 보면 코치님이 빠른 걸음으로 다가와 내 자세의 문제점을 알려주었다. 그럴 때면 코치님이 왜 이렇게 자세를 물고 늘어지나 싶지만, 한편으론 지치지 않고 회원의 자세에 관심을 가지는 모습에 호응을 해주고 싶단 마음도 들었다.

자세 교정 실력에 대한 코치님의 자부심을 알게 되자, 호응해주고 싶은 마음은 더 커졌다. 스쿼트라든지, 푸시업이라든지, 기본에 해당하는 쉬운 동작이라고 대충 자세를 잡고 시작한 사람들이 일정 수준 이상으로 실력을 높이지 못할 때 마지막으로 찾아오는 사람이 본인이라고 코치님은 말했다. 어쩐지 큭 웃음이 나오는 말이었지만, 누군가의 근거 있는 자부심을 맞닥뜨리면 기분이 좋아지는 나는, 오오, 하면서 엄지 척을 해주었다. 실력을 끝까지 키우는 가장 쉬운 방법은 시작할 때 제대로 하는 것이라는 말을 들었을 땐, 오를 세 번 발음하며 알았다고, 시키는 대로 하겠다고, 스스로 스쿼트를 더 하기도 했다.

이후 스쿼트는 나의 작은 목표가 되었다. 체육관을 벗어나면 깨끗이 잊고 있다가 체육관에 들어서면 내 작은 목표를 가장 먼저 챙겼다. 어차피 운동 실력을 끝까지 키우려는 욕심은 없지만, 욕심 없는 목표를 세우는 것 또한 삶의 재미라고 생각하면서. 삶이라는 대세에선 중요하지 않지만, 이곳 체육관에선 세상 중요한 목표. 목표라고는 하지만 도달하려는 마음이 전혀 무거워지지 않는 목표. 이 목표를 향해 코치님 말처럼 한 땀 한 땀 옷을 짓듯 천천히 가보는 것도 삶에 촉촉함을 흩뿌리는 일이라고 생각하면서.

그렇다고 이렇게까지 천천히 가야 할까. 두 달이 지나도록 나는 여전히 스쿼트를 잘 못하고 있다. 전보다 감을 잡은 것 같긴 한데 자신은 없다. 내 스쿼트에 대한 코치님의 점수도 85점, 90점까지 올라갔다가 어느 날은 차마 점수를 매기지 못하는 지경으로 떨어지기도 한다.

요즘은 자세를 잡기 위해 긴 막대기를 양손으로 치켜들고 스쿼트를 한다. 돈을 주며 벌을 받는 것 같은 이 시간은, 돈을 주고 영양제를 구입하는 것과 같은 시간. 대단한 몸을 바라지도 않는데, 견뎌야 할 것이 많다.

에세이 쓰기의 어려움

이 책을 쓰기 시작한 날, 온라인 서점에서 나의 세 번째 책 『이 정도 거리가 딱 좋다』를 검색했다. 출간일을 확인하기 위해서였다. 2020년 12월 15일. 출간은 12월에 했지만 나는 이 에세이의 원고를 3월에 출판사에 보내놓았다. 책을 쓰기 위해 한글을 여는 건 2년 반 만인 셈이었다.

책과 책 사이의 2년 반이란 공백. 작가에 따라 2년 반이란 시간에 의미를 두지 않을 수도 있겠다. 나 역시 책과 책 사이의 시간 공백에 이젠 큰 의미를 두지 않는다.

첫 책이 나오기 전엔 매해 책을 쓰는 사람이 되고 싶었지만, 지금은 하고 싶은 말이 무르익을 때까지 기다리는 것도 필요하다 생각한다.

하지만 내게 지난 2년 반은 무르익음을 기다리던 시간이 아니라, 쓰지 못하겠는 마음과 다투다가 진 시간이기도 하고, 겨우 다시 일어선 시간이기도 했다. 다시 일어나 놓고도 완전히 기지개는 켜지 못한 시간, 다시 책을 쓸 수 있을지 자신감을 풀충전하지 못한 시간이기도 했다. 이런 시간을 보내왔기에 나뭇가지 밟기에 더 공을 들인 것이기도 하다. 글을 못 쓰겠는 마음을 억지로 누르고 책상에 앉는다고 해서 쓰게 되는 건 아니라는 걸 이젠 잘 아니까.

글을 쓰는 건 어렵다. 글을 쓰기 위해 의자에 앉는 건 더 어렵다. 글을 쓰기 시작하고 얼마 안 있어 알게 된 사실이다. 그럼에도 살살 나를 구슬리면 하루에 A4의 반 페이지는 쓸 수 있었고, 그래도 못 쓰겠을 땐 며칠 책을 읽거나 놀면 다시 쓸 힘이 났다. 그런데 가끔은 이런저런 방법이 다 먹히지 않을 때가 있었다. 어떻게 해도 쓰지 못하겠는 상태. 이 상태가 가장 극심하게 찾아온 것이 2020년 3월이었다. 세 번째 에세이 원고를 출판사에 보낸 달이었다.

이유는 모르겠지만, 그날 이후 이상할 정도로 글을 쓰기가 어려웠다. SNS에 올리는 짧은 글도 마찬가지였다. 그 짧은 걸 거듭 고쳐 쓰다가 업로드를 포기한 적도 많다. 내가 쓴 글이 남이 읽기에 좋은 글인지 판단이 서지 않았다. 가벼운 농담을 적은 몇 문장의 글이 커다란 오점이 될 것 같은 두려움도 일었다. 처음 글을 쓸 때보다 글쓰기에 더 자신이 없어졌다. 이런 마음이 이어지다 보니 어느 순간부터는 어떻게 써야 하는지에 대한 감을 완전히 잃어버렸다. 세 번째 책 편집 교정지를 확인하는 것만으로도 괴롭던 해였다.

그렇기에 『매일 읽겠습니다』 개정판 서문을 써달라는 메일을 받았을 땐 커다란 돌멩이를 삼킨 기분이었다. 1쇄 소진도 안 된 책임에도 개정판을 내주겠다는 출판사에는 매우 감사했지만, 어떻게 서문을 써야 할지 아무것도 모르겠는 마음이 되었다. 서문 하나를 붙잡고 몇 주를 끙끙댔다. 겨우 써낸 글을 읽은 편집자님은 간곡하게 다시 써주십사 회신을 해주었고, 나는 더 추락한 자신감을 부여잡고 첫 문장부터 다시 썼다. 엉엉 울고 싶은 마음을 억누르며 겨우 썼고, 다행히 이 글은 책에 실을 수 있었다.

이런 상황이었기에 세 번째 에세이가 출간되었을 땐 기쁨을 크게 누리지 못했다. 여기저기 출간 소식을 알리며 기쁜 듯 굴었지만 나의 글쓰기 자아는 이미 쭈그려 앉은 꼬마가 된 지 오래였다. 쭈그려 앉은 채로 2021년을 맞았다. 갓 출간된 책에 대한 반응은 없었으며 꼬마는 여전히 침울한 얼굴로 앉아 흙바닥에 찍찍 낙서만 하고 있었다. 이대로 끝? 이라고 썼다가 손바닥으로 쓱쓱 지우고는 어쩌면? 이라고 다시 썼고, 이내 지우고는 아니야, 라고 써놓았다. 아니야, 이것도 지나갈 거야. 그런데, 언제쯤?

나도 모르겠다는 대답을 이어가던 어느 날이었다. 2021년 3월, 페이스북 메신저로 북크루 대표 김민섭 작가님이 연락을 주었다. 메일링 서비스 '책장 위 고양이' 시즌 4에 합류해달라는 제안이었다. 여러 명의 작가가 돌아가며 메일로 구독자에게 글을 보내주는 콘셉트였다. 처음에 든 생각은, 하면 안 된다, 였다. 글 하나를 붙들고 한 달 넘게 끙끙대던 사람이 어떻게 매주 에세이를 써낸단 말인가. 그럼에도 시즌 1부터 존재를 알고 있던 서비스였고, 함께하게 될 작가님들도 좋아 거절하고 싶지 않았다. 어떻게든 되겠지, 하며 제안을 무턱대고 받아들였다.

2021년 5월부터 7월까지, 3개월간 아홉 개의 글을 썼다. 이 3개월은 퇴근 후와 휴일이 온통 글쓰기에 할애되었다. 회사에 있을 때도 떠오르는 아이디어를 틈틈이 메모했고, 쉬는 날이면 카페에서 뜨거운 바닐라라테를 사와 얼음이 가득 든 큰 컵에 조금씩 따라 마시며 글을 썼다. 수시로 얼음을 채워주다 보면 저녁이 되어 있었다. 얼음을 채우는 횟수보다 더 많이 신음을 내뱉었다. 으으, 읏! 글이 안 풀릴 때면 육성으로 신음을 뱉으며 못 쓰겠다는 마음을 이겨냈다. 아아, 우우! 단어를 이어 붙이다 보면 괴상한 신음도 튀어나왔다.

겨우 글 하나를 완성했다. 하지만 완성한 게 맞을까? 알 수 없기에 다 쓴 글을 프린트해 언니에게 보여줬다. 내가 무슨 말 하는지 알겠어? 논리 어긋나는 부분 없어? 괜찮아? 식탁에 앉아 내 글을 정독하고 있는 언니 주변을 서성이며 물었고, 글을 다 읽은 언니가 응, 괜찮아, 말해주면 퇴고에 들어갔다. 글 하나를 완성하는 일도 산을 넘는 일이었는데, 그 뒤엔 더 높은 심리적 산이 놓여 있었다. 글을 묵혀두지 못하고 바로 독자에게 보여줘야 한다는 점이 두려웠다. 글이 좋은지 안 좋은지 알려면 시간이 주는 새로운 시선이 필요한데, 시간의 힘을 빌리지 못하니 불안했다.

내 글은 매주 한 번 아침 6시에 구독자 이메일 계정으로 날아갔다. 매주 다른 소재로 글을 썼다. 살면서 한 번도 진지하게 생각해보지 않은 소재를 맞닥뜨렸을 땐(ex. 강아지) 별의별 신음 소리를 창조하며 마지막 문장으로 기어갔다. 기어갔더라도 간 건 간 거였다. 어찌 됐든 글

하나를 완성한 것이다. 하나의 소재에 대해 끈질기게 생각하다 보면 끝내 아이디어가 떠오르고, 떠오른 아이디어에 대해서는 글을 쓸 수 있다는 이 희망적인 깨달음이 매주 나를 조금씩 일으켜 세워주었다.

아홉 개의 글을 쓰는 동안 나는 내가 글을 쓸 수 있는 사람이라는 희망에 계속 노출됐다. 한 문장 한 문장 쓰는 과정이 꼬마가 하는 낙서의 내용을 바꿔주었다. 쓸 수 있을까? 쓱쓱. 쓸 수 있을 거야. 쓱쓱. 봐봐, 썼잖아. 쓱쓱. 그러네, 정말 썼네? 쓱쓱. 또 썼어. 쓱쓱. 나, 또 썼어. 쓱쓱. 나, 쓸 수 있는 사람인가 봐. 낙서의 내용이 서서히 희망 쪽으로 고개를 돌리면서 꼬마의 허리가 펴지고 다리가 펴지고 꼬마에서 내가 되었다. 나락에서 쉽게 빠져나오지 못하는 작가에게 가장 큰 힘이 되는 것은, 결국은 써내는 나를 반복해서 만나고 다시금 스스로를 믿게 되는 것이라는 걸 아홉 개의 글을 다 쓰고 나서야 알았다.

메일링 서비스로부터 1년 반의 시간이 지나 지금에 이르렀다. 지난 1년 반을 돌아보면, 이제는 글을 쓸 수 있을 듯한데 일을 하느라 쓰지 못하는 처지를 안타깝게 여기면서도, 일을 한단 핑계로 글을 쓰지 않아도 되는 (마음만은) 널널한 삶에 취하기도 했으며, 마음 더 깊은 곳에선 아직 모습을 완전히 감추지 않은 꼬마를 불안하게 지켜보며 선뜻 나서지 못한 시간이었다. 글을 쓰고 싶은 마음과 글을 쓰기 싫은 마음과 글을 쓰지 못하겠는 마음이 삼중 추돌을 했는데 뒷수습을 하지 않고 여기까지 온 것이다. 그리고 이제는 뒷수습을 더 이상 미루지 못하게 됐다. 2년 반 만에, 나는 책을 쓰기 위해 다시 책상에 앉아 있으니까.

하지만 뒷수습하는 마음이 무겁거나 두렵진 않다. 흙바닥에 마지막으로 새겨진 낙서가 힘을 주고 있으므로.

나, 쓸 수 있는 사람인가 봐.

내게 맞는 외로움

서울 강남의 호텔에서 1박을 하기로 했다. 네 명이 매달 2만 원씩 붓는 곗돈이 쌓이고 쌓여 어디 여행이라도 가야 할 만큼 모인 탓이다. 돈이 쌓이기만 하다 보니 한 친구가 곗돈을 2만 원에서 만 원으로 내리자고 의견을 냈는데, 나는 2만 원씩 계속 붓다가 예순 넘어 해외여행을 가자며 친구를 만류했다. 친구들 모두 20년 후의 여행에 동의했다. 2만 원은 유지하기로 했고, 미래의 해외여행도 확정됐다. 그렇다면, 지금 통장에 쌓여 있는 돈은 어떻게 할까.

허리가 아픈 친구 때문에 멀리 여행은 못 가니, 우리는 여행 비슷한 일을 벌이기로 했다. 평소라면 하지 못할 사치도 부리면서. 네 명 중 세 명이 서울에 거주하는데도 굳이 강남역 근처 호텔을 잡았고, 새로운 경험을 해보자며 네 사람 다 살아생전 한 번도 먹어보지 못한 스시 오마카세도 예약했다. 서울로 떠나기 하루 전, 나는 조금 들떴다. 아무리 나이가 들어도 친구들과 밤을 보내는 건 미리부터 재미있다.

친구들을 만나러 가는 버스 안에서, 나는 들뜬 기분과는 전혀 상관없는 생각을 하고 있었다. 외로움에 대해. 그즈음 간혹 하던 생각이었다. 외로워서는 아니었다(정말!). 얼마 전 지인이 건넨 질문 때문이었다. 호수 공원이 바라다보이는 카페에서 몇 시간 수다를 떨다가 지인이 내게 물었다. 외롭지 않느냐고. 이어 이렇게도 물었다. 더 나이 들어서 외로울 게 걱정되지 않느냐고. 질문을 받으며 그간 이런 질문을 받아본 적이 거의 없다는 걸 깨달았다. 가족과 함께 살기 때문이었을까. 외롭지 않아 보여서였을까. 아니면 내가 딱 봐도 혼자서도 잘 놀 상이어서 일까.

혼자 살게 된 지금, 나는 외롭지 않느냐는 질문을 받았고, 질문을 받았으니 생각해봤다. 나 외롭나. 가끔은 가슴에 공기가 둥그렇게 뭉쳐 있는 기분이 들긴 한다. 그럴 땐 일도 손에 잡히지 않고, 놀고 싶지도 않다. 어제까지 정주행하던 드라마도 그저 그렇고, 책도 페이지가 안 넘어간다. 통화를 하고 싶으면 전화를 걸기도 하지만 대체로 하지 않는다. 감정에 이끌려 통화를 한다고 해서 내가 원하던 대화를 하게 되리라고 기대하지 않아서다. 사실 그럴 땐 내가 무슨 대화를 원하는지도 알지 못한다. 그래서 그냥 밖으로 나간다. 저녁 바람을 맞으며 걷다 보면 둥그렇게 뭉친 공기가 서서히 흐트러진다는 걸 알기에. 그리고 여지없이 한 시간의 산책 후에 내 기분은 괜찮아진다. 나는 외로운 걸까.

다음 질문도 생각해봤다. 나는 미래에 외로워질 걸 걱정하나. 콩알만큼 걱정하긴 하겠지만, 삶의 방식을 바꿀 만큼 걱정하진 않는다. 심각하게 걱정해본 적 없다는 뜻이다. 이건 마치 배우자가 있는 누군가가 다양한 형태의 이별 후에 올 외로움을 미리 걱정하지 않는 것과 같다. 그 누군가가 눈앞의 배우자와 충만한 오늘과 내일을 누리려 노력하듯, 나 역시 내게 주어진 것들로 충만한 오늘과 내일을 도모하고 있다. 더더군다나 미래를 미리부터 걱정해서 뭐하나, 하면서 산 지 오래됐다. 걱정에 대해서만큼은 근시안적 인간이 되고 싶다고 생각하며.

글로는 두 문단이 할애됐지만 현실에선 글쎄, 하며 5초 정도 생각해본 후 나는 지인에게 대답했다. 지금은 별로 외롭지 않고, 나중에 외로울 걸 미리 걱정하지 않는다고. 지인은 그러냐는 듯 옅게 미소를 지었다. 순간 지인이 좀 얄미워졌다. 혹시 나 혼자라고 외롭게 보는 거? 얄밉긴 했지만 이게 일반적인 시선이므로 뭐라 할 수도 없었다. 우리는 대개 자기 문제가 아니면 일반적인 시선으로 세상을 보니까. 지인도 배우자가 있다고 외롭지 않을 만큼 세상이 그리 만만치 않다는 걸 알고 있을 터였다. 그저 가볍게 물은 걸지도. 일반적으로, 가볍게.

버스에서 내린 나는 호텔을 향해 걸었다. 친구들도 거의 다 도착했다고 톡을 보내왔다. 네 명이 다 모여 두 명씩 체크인을 하고 밖으로 나왔다. 패딩을 입기엔 덥고 트렌치코트를 입기엔 추운 날씨였다. 우리는 호텔 앞에 서서 어디로 갈지 한마디씩 했다. 저녁을 먹기 전까지 커피숍에서 시간을 보내자는 내 말에 다른 친구가 놀라며 우리 맥주 마시는 거 아니었느냐고 했다. 웃음소리가 껄껄에 가까운 친구가 껄껄 웃으며 근처 호프집을 향해 걸었다. 커피든 맥주든 상관없는 세 명은 친구를 따랐다.

넓은 호프집에서 대낮부터 맥주를 마시며 얘기를 나눴다. 남편, 육아 얘기는 짧게 끝내고 우리의 이야기를 시작했다. 저마다 몸에 질병을 안고 있었기에 자연스레 건강 얘기가 길어졌다. 노화로 인한 여러 증상이 일상에 얼마나 깊이 침투해 있는지에 대해선 내가 가장 할 말이 많았다. 나는 작년부터 몸이 너무 건조해져서 자다가도 보디로션을 덧바르고 잔다고 털어놓았고, 다른 친구도 보디로션 없는 세상은 상상도 할 수 없다며 고개를 저었다. 시간은 흐르고, 노화는 진행되고, 이것만으로도 삶이 부

대끼는데, 세상의 빌런들은 친구들을 공격하고 있기까지 했다. 친구를 부들부들 떨게 한 빌런의 활약상을 듣다가 호프집을 나왔다.

오마카세 식당은 예상외로 꽤 후미진 건물에 있었는데 막상 들어서니 깔끔했다. 그로부터 한 시간 반 동안 우리는 주는 대로 먹고 또 먹었다. 하나하나 감탄하며 먹던 초반 30분을 지나자 나와 옆 친구는 급속도로 지쳐갔다. 다섯 시간의 조리를 거쳐 탄생한 계란찜마저 맛있었기에, 다른 음식이야 말할 필요가 없었다. 다만 배가 너무 불렀다. 나와 옆 친구는 입에 뭘 넣을 때마다 서로를 보며 맛은 있다며 킥킥 웃었다. 마지막 초밥 몇 개는 회만 쏙 골라 먹고 식당을 나왔다. 네 명 모두에게 첫 경험이었던 오마카세는 아무래도 네 명 모두에게 마지막 경험이기도 할 듯했다.

이제 호텔로 가야지. 그런데 어느 쪽으로 가지? 강남역 근처이긴 했으나 처음 와보는 골목이었기에 친구 한 명이 지도 앱을 열었다. 그 친구가 앞장서고 세 명이 뒤를 따랐다. 거리는 어둡고, 우리는 길을 모르고, 지도를 손에 쥔 사람을 따라가는 기분이 정말 여행을 온 것 같기도 했다. 바람이 차가워서 나는 팔짱을 꼈다. 옆에서 걷던 친구가 말했다. 나 작년에 보름이네 집들이 한 후로 오늘이 첫 외출이야. 정말? 응, 그래서 지금 너무 좋아. 친구의 말에 나도 지금이 더 좋아졌다. 이런저런 얘기를 하며 걷다가 나는 친구들에게 뜬금없이 물었다.

너네는 안 외로워?

두 친구가 동시에 헛웃음을 터트렸다.

외롭지.

어떻게 안 외로워.

나는 두 친구를 한꺼번에 보며 또 물었다.

너넨 외로울 때 뭐 해?

나는 걸어.

나도 걷고 맥주 마시고 그래.

앞에서 걷던 친구가 호텔을 가리켰다. 우리는 친구가 가리키는 쪽으로 방향을 틀었다. 친구들에게 다음 질문은 하지 않았다. 너넨 나이 들어서 더 외로워질 거 걱정돼? 친구들도 나처럼 미래의 일은 미래에 두기로 했을 것 같아서. 과거의 일은 과거에 두기로 하는 것처럼.

친구들과 걸으며 얘네는 외로울 때 왜 걸을까 생각했다. 외로운데 우리는 왜 다 걸을까. 외로운데 우리는 왜 다른 사람을 찾아가는 대신 혼자가 될까. 노화가 진행될 만큼 나이를 먹다 보니 알게 된 걸까. 외로움은 결국 개인의 몫이라는 걸. 나 아닌 다른 존재가 내 안의 외로움을 깨끗이 지워주는 일은 벌어지지 않는다는 걸. 나조차 내 안의 외로움을 깨끗이 지우지 못한다는 것 역시 우리는 알고 있는지도. 그래서 걷는 걸까. 외로움과 함께 걸어가는 법을 알아가기 위해.

외로움이란 신발 쿠션 같은 것인지도 모르겠다. 사람마다 제 발에 편한 쿠션이 있듯 제게 편한 외로움이 있는 것이다. 그래서 사람들은 저마다 자신에게 맞는 외로움을 찾아 나선다. 지금 내게 맞는 외로움은 글을 쓰는 외로움, 혼자 있는 외로움. 그리고 지금 당신이 느끼는 외로움은 당신에게 맞는 외로움. 하지만 이렇게 찾은 외로움이 완벽히 편하진 않아서 우린 가끔 외로움을 떨쳐내려는 건지도.

그날 지인에겐 미래의 외로움에 대해선 걱정하지 않는다고 말했지만, 미래에 외로워질 가능성을 고려해본 적은 있다. 할머니가 되면 많이 외로울까? 그것도 많이? 그럴지도 모르겠다고.

그렇다면 어떻게 해야 할까. 이에 답을 준 건 엘리자베스 스트라우트의 소설『올리브 키터리지』였다. 남편과는 사별하고 아들과는 소원해진 노년 여성 올리브 키터리지가 보여주는 외로움은, 그녀가 외로워서 하는 행동은, 내게 큰 위로가 되었다. 올리브 키터리지는 외로움을 떨쳐내기 위해 예전 같으면 결코 하지 않을 행동을 하는데, 나는 그녀의 행동을 보며 미래에 외로워질지도 모르는 나에게 한없이 관대해지자고 결심했다. 나중에 외로워지면 나도 올리브 키터리지처럼 무슨 짓이든 할 거야. 그 짓을 하는 나를 껴안아주는 건 내가 될 거야.

살기 위해 지독한 외로움에서 벗어나야 할 때도 있다는 걸, 지금의 나도 알고 있다.

혼자인 시간에 익숙해지기

1950년생인 아빠에게서 친구분들의 이야기를 종종 듣는다. 우울해하는 분들이 많고, 원인은 넘쳐나는 시간 때문이란다. 사회적 관계에서 한순간에 이탈된 친구분들은 갑자기 텅 빈 시간 앞에 홀로 선 사람이 되었다. 관계에서 서열을 매기며 자신의 위치를 파악하고, 그 위치를 통해 의미를 찾던 친구분들에게 무의미의 시간이 찾아온 것이다. 친구분들은 뭘 해야 할지 모르는 채 시간을 그냥 흘려보내고 있다고 했다.

조금 다른 방식으로 시간을 사용하는 친구분들 이야기

도 들었다. 거실에 앉아 텔레비전만 보고 있지 말자고 스스로를 담금질한 분들의 이야기였다. 그분들은 무언가를 새로 시작하는 게 얼마나 오랜만인지를 실감하며 피아노를 치고, 요리를 하고, 그림을 그렸다. 아빠 휴대폰에서 친구분 그림을 본 적 있다. 아마추어 그림 대회에서 장려상을 받았다는 친구분의 그림은 문외한인 내가 봐도 운치가 살아 있는 멋진 그림이었다.

"우리는 혼자서 뭘 하는 게 익숙하지 않아." 아빠는 말했다. 지금 시대의 우리처럼 취미를 찾고 취향을 좇은 적 없던 아빠와 아빠 친구분들에겐 혼자 있는 시간에 뭘 해야 하는지에 대한 감 자체가 없다고 했다. 얼마나 막막할까 싶었다. 혼자서 시간을 보낸 적이 없는데 앞으로는 줄곧 혼자서 시간을 보내야 한다면.

메리 파이퍼는 『나는 내 나이가 참 좋다』에서 이렇게 말했다. "삶을 어떤 식으로 설계하든, 우리 대부분은 나이 들수록 혼자서 더 많은 시간을 보내게 된다." 아빠 친구분들의 이야기를 들은 뒤 읽은 이 문장은 내게 작은 다짐을 하게 했다. 혼자 있는 시간을 잘 활용하는 할머니가 되자고.

할머니가 되어서도 글을 쓰고 있다면 글쓰기만으로도 시간을 잘 보낼 수 있을 테지만, 그건 모를 일이다. 한순간 글쓰기가 싫어진다면? 만일을 대비해 나는 그림을 그리는 할머니가 되기로 결심했다. 결심은 결심하는 순간에만 강렬한 터라 아직 그림에 제대로 뛰어든 적은 없지만, 그래도 마음만 먹으면 뛰어들 수 있도록 스케치북과 4B 연필은 준비해놓았다. 미루고 미루다 할머니가 딱 된 순간 그림을 그리기 시작해도 좋을 것 같다.

친절이 그곳에 남아 있다면

출퇴근을 안 하다 보니 차가 오래도록 주차장에 방치돼 있었다. 아예 잊고 살다가 두 달쯤 지나 가봤더니 먼지를 뒤집어쓴 차가 어쩐지 서러워 보였다. 차에 이름까지 붙이며 아껴주는 달콤한 차주들도 있는데 나는 너무 애정이 없는 걸까. 애초에 출퇴근을 위해 언니에게 급히 산 차였다. 치열한 협상 끝에 300만 원을 주고 산 작은 차를 매우 잘 타고 다니긴 했지만, 사용가치만 따져 시작된 관계라 달콤한 마음엔 이르지 못한 것 같다.

먼지를 뒤집어쓴 나의 이름 없는 차가 때 구정물 묻은

아이 얼굴처럼 보여 얼른 차에 올라탔다. 맘 상하지 말라고 어르듯 근처를 짧게 돌았다. 어르면서도 속으론 언니에게 도로 팔까, 250만 원이면 될까, 배신할 생각을 했지만, 근처를 돌고 와 주차장에 주차하면서는 이곳에선 차가 필요하다는 결론에 이르렀다. 서울에 살고 있다면 당장 처분했겠지만, 대중교통이 미흡한 이곳에선 차를 이용할 일이 가끔 생겼다. 그날부터 일부러 차를 데리고 나갈 궁리를 했다. 근처 마트에 걸어가려다가도 지난 한 주 운전을 안 했다면 대형마트까지 차에게 콧바람을 쐬어주는 식으로. 1~2주에 한 번이라도 운전을 해줘야 차의 몸도 마음도 안 상할 테니까.

회사를 그만두고서도 운전을 하려고만 하면 엄청나게 할 수 있긴 했다. 북토크를 하러 대한민국 곳곳을 평생 가본 것보다 더 많이 갔으니까. 운전해서 가는 게 더 편할 곳을 대중교통을 이용해 갈 때면 이게 뭔가 싶었지만, 나는 다음에도 여지없이 대중교통을 이용했다. 차가 있는데도 운전하지 않는 이유는, 운전 내내 긴장을 해야 하는 게 싫어서다. 초행길이 주는 긴장감이 내겐 너무 크다. 모르는 길은 두 발로도 가기 힘든 길치인데 네 발로 달려야 할 때면 더욱더 정신을 바짝 차려야 한다. 어쩔 수 없이 초행길을 몇 시간씩 운전해야 하면 나는 며칠 전부터 휴대폰을 들고 모의 주행을 해본다. 혹시 가는 길에 어려운 코스가 있는지 확인해야 하니까.

차로 15분의 가까운 거리라고 해서 가는 마음이 편해지지는 않는다. 15분 정도의 긴장감은 견딜 수 있지만, 이번엔 주차가 문제다. 정확히는 주차장 입구가 문제다(나는 주차는 잘한다, 정말!). 주차장 입구가 건물 어디에 뚫려 있는지 나는 그걸 꼭 미리 알고 싶다. 입구를 못 찾으면 천천히 운전하며 주위를 둘러보면 되지만, 그게 너무 힘들다. 마음이 안달 나고 속이 탄다. 그래서 초행길엔 미리 지도 앱으로 목적지를 확인한다. 주차장 입구가 뚫린 지점을 눈으로 확인하고 싶어서다. 지도 앱이 해결해주지 못하면 어느 친절한 블로거가 가는 길을 꼼꼼히 포스팅한 게 있는지 찾아본다. 요즘은 건물 입구는 같은데 왼쪽 길은 아파트, 오른쪽 길은 상가로 나뉘는 곳도 많아 혼란스럽다. 혼란스러울 걸 미연에 방지하기 위해 역시 어느 쪽으로 들어가야 할지 알아둔다. '초록색 선만 끝까지 따라가세요' 같은 문장을 나는 사랑한다.

내가 이런 운전자이다 보니, 조수석에 누가 앉길 바라게도 되고 바라지 않게도 된다. 옆에 누가 앉으면 함께 길을 봐줄 사람이 있으니 마음은 편하다. 하지만 나도 모르게 그 사람을 심하게 의지하게 된다. 곧 우회전을 해야 한다면 이번에 해야 할지 다음에 해야 할지 옆에 앉은 사람이 말해주길 바란다. 이번이야, 라고. 만약 길을 잘못 들면 그때부턴 신경이 삐죽하게 곤두선다. 이럴 땐 차에 탄 모두를 조용히 시켜야 한다. 두 발로 걸을 때도 길을 찾을 땐 이어폰을 빼야 할 정도로 멀티가 안 되는 나를 위해서다. 이런 나이기에 나는 누가 옆에 앉길 바라지 않기도 한다. 잔뜩 긴장한 데다 신경이 곤두서기까지 하더니 입도 다물라고 하는 내 모습을 들키고 싶지 않아서.

이럴 거면 차가 왜 필요할까 싶겠지만, 처음 한두 번이 문제지 그다음부턴 괜찮다. 길도 대략 파악하고 주차까지 해봤으면, 이젠 여유로운 운전자가 된다. 내비게이션도 필요 없을 만큼 눈에 익은 길을 달릴 땐 다른 운전자들처럼 창턱에 팔도 걸칠 수 있다. 그러나 여유로워졌다고 음악 볼륨을 크게 높이고 노래를 따라 부른다거나, 옆 사람과 지속적인 대화를 하진 않는다. 역시 운전할 땐 긴장이 좀 되니까. 집에 있을 때처럼 조용한 상태로 운전하길 좋아한다. 신호 대기 중이면 횡단보도를 지나가는 사람들을 구경하면서, 띄엄띄엄 잡생각을 하면서.

다른 사람들도 운전 중에 잡생각을 할까. 하면 안 되지만 나는 자꾸 하게 된다. 정신 차리라는 의미로, 그만 생각해, 운전에 집중해, 라고 소리 내 다그쳐 생각을 멈출 때도 있다. 교차로의 신호 대기줄 맨 앞에 섰을 때가 잡생각 하기에 딱 좋다. 잡생각이 길어지면 뒤차가 빵 하고 클랙슨도 울려주니 스스로 다그칠 필요도 없이 절로 정신을 차리게 된다.

언젠가는 신호 대기 중에 참 새삼스러운 생각을 했다. 각기 다른 곳으로 달려가는 차들을 보며, 우린 정말 다 각각의 개인이네, 하는 생각이 든 것이다. 신호에 따라 출발하거나 멈추고, 직진하거나 좌회전하고, 또 우회전해

어딘가로 가는 차들이 자신만의 삶을 사는 사람들의 은유처럼 보였다. 모두 자신만의 길을 가는데도 질서가 지켜지는 것 또한 새삼 대단해 보였다. 이곳에 있는 모두가 자신과 타인의 생명을 위해 질서를 지키고 있다고 생각하니, 그 순간 교차로에 있던 모든 운전자에게 애정이 생겼다. 불특정 다수에게 생기는 이런 애정은 나를 지탱해주는 힘이라, 나는 이 새삼스러운 생각을 오래도록 기억하기로 했다.

운전을 하다 보면 특정 개인에게 애정이 생기기도 한다. 이 운전자 저 운전자에게 툭하면 반한다. 애매한 끼어들기 상황에서 나의 좌회전 신호에 기꺼이 속도를 낮춰줄 때, 반대로 내 앞에 끼어든 운전자가 비상등을 깜빡이며 고마움을 표시해줄 때, 자기가 생각해도 무모하게 끼어들었는지 미안하다며 역시 비상등을 깜빡일 때, 성별도 나이도 당연히 이름도 모르는 운전자들에게 반한다. 좋은 사람, 속엣말을 하며. 한번 세게 반하면 머리끝부터 발끝까지 다 예뻐 보이는 게 인지상정인지라 내 눈에는 그들이 탄 차도 온통 예뻐 보인다. 크면 커서 예쁘고, 작으면 작아서 예쁘고, 색도 찰떡같고, 뒤태도 멋지다.

도로 위 천사들이 내게 미친 영향은 꽤 크다. 재작년, 내가 세상에 유해한 사람이 되어가고 있다고 생각한 적이 있다. 세상을 좋은 쪽으로 끌고 가기 위한 적극적인 행동은 차치하더라도 내가 살아가는 방식 하나하나가 세상을 좋지 않은 쪽으로 끌고 가고 있음이 선명히 보였다. 제로 웨이스트 근처에도 가지 못하고, 거의 끊었던 고기도 전보다 더 먹고, 한 사람에 대한 뒷담화를 끊지 못하고 있을 뿐더러, 누적된 경험이 편견을 굳히기도 하는 등 죄책감이 하나둘 늘어가고 있었다. 내가 있어서 세상에 좋을 게 무얼까, 답이 나오지 않았다. 아무것도 하지 않으면 정말 나의 유해함을 점점 더 크게 의식하게 될 것 같아 뭐라도 세상에 좋은 일을 하고 싶었다. 그때 떠오른 게 차도 위에서라도 아주 작은 친절의 행동을 해보자는 것이었다.

그날부터 나는 내 앞으로 들어오려고 하는 차가 있으면 무조건 허용해준다. 교통 체증이 심해 차들이 다닥다닥 붙어 갈 때도 멈춰 서서 들어올 자리를 마련해준다. 흐름에 방해가 되면 안 되기에 차 한 대, 아니면 두 대 정도만 끼어들게 해주는 것이지만, 앞차가 고맙다며 비상등을 깜빡이면 나의 유해함의 무게가 희미하게 덜어지는 것만 같다. 내가 저지르는 일들에 비해 이 작은 친절은 매우 미미하지만 그래도 나는 도로에 친절을 슬쩍 뿌리는 일을 계속한다. 내게 친절을 베풀어주었던 운전자들처럼.

얼마 전 제46회 이상문학상 수상집에서 최은미 작가의 단편소설 「그곳」을 읽는데 나와 비슷한 인물이 나와 반가웠다. 친절한 사람을 좋아한다는 '나'는 자주 마주치는 택배 기사를 좋아하고 있었는데 그 이유는 이렇다. "내가 먼저 길을 지날 때는 택배차가 속도를 늦췄고 택배차가 먼저 지날 땐 내가 잠시 걸음을 멈췄다. 잠을 자려고 누우면 그 사실에 갑자기 눈물이 날 때가 있었다. 트럭이 나를 보면 멈출 것이라는 걸 내가 알았다는 사실에." '나'는 말한다. "내가 의지했던 친절의 순간들도" "여전히 그곳에 남아 있다"고. 이런 글을 읽을 때도 나의 유해함의 무게가 미세하게 덜어지는 기분이 든다. 내 작은 친절이 '그곳'에 남아 있을지도 모른다는 생각에.

어딘가 갈 곳

언니의 지인들과 가끔 어울린다. 어울린다기보단 낀다는 표현이 더 맞겠다. 사교적인 언니가 몇 년간 공들여 사귄 사람들 사이에 끼어 맥주도 마시고 이야기도 듣는다. 이젠 제법 친해진 분들도 있어 말을 놓으라는 소리를 듣기도 하지만, 말을 놓지 못하는 나는 죄송하지만 그럴 순 없다며 거절하곤 한다. 말을 놓으면 제가 당신에게 말을 못 해요, 라는 이상한 소리를 하며. 낀 사람답게 주로 듣는 입장에서 조용히 맥주를 마시며 큭 웃거나, 공감한다는 의미로 고개를 끄덕이거나, 한두 마디 말을 보태다 보면 시간도 잘 가고 적당히 취기도 돈다.

언니는 집 근처 카페에서 약속이 있을 때 나를 부르기도 한다. 너도 (집에만 처박혀 있지 말고) 나와서 음료나 한 잔 마시라는 의미다. 부담 없이 카페로 향한다. 사교적일 뿐만 아니라 말하길 좋아하는 언니가 지인과 이야기를 나누는 옆에서 아이스 아메리카노나 달달한 레모네이드를 홀짝이다가 적당히 추임새를 넣으며 시간을 보내는 게 카페에서의 내 일이다. 음료를 다 마시면 나갈 타이밍을 재다가 인사를 하고 나와 산책을 하거나 집으로 돌아온다.

그날도 언니가 나오라길래 챙 넓은 모자를 들고 카페로 향했다. 커피나 한잔 마신 뒤 나온 김에 산책을 할 생각이었다. 카페에 도착하니 언니 맞은편에 처음 보는 분이 앉아 있었다. 언니가 Y님이라고 알려주었다. 몇 번 들어본 이름이라 반갑게 인사를 했더니, 언니가 소개를 해주었다. 이분이 그분이야, 생활스포츠지도사 자격증 준비하는 분. 내 눈이 커지며 호기심이 동했다. 아이를 키우며 튼튼이 운동도 열심히 해 몸에 근육이 장난 아니라는 말을 들은 적이 있었다. 운동을 너무 좋아해 자격증 준비까지 한다는 말을 듣고는 너무 멋있어서 한번 만나보고 싶던 분이었다.

Y님을 멋있다고 느낀 지점은 이거였다. 운동을 좋아한다는 것. 좋아해도 아주 많이 좋아한다는 것. 좋아하는 일에 충분한 시간과 마음을 쏟고 있다는 것. 그리고 거기서 멈추지 않고 다음 스텝을 밟고 있다는 것. 무엇보다 체육과 관련한 일은 보통 더 젊은 나이에 시작해야 하는 줄 알았는데, Y님은 나보다 한두 살 어리다고 했다. 나는 이번 생에선 복근 만들기도 포기했는데, Y님은 잔근육이 넘실거리는 몸을 보유하고 있다는 점도 그저 멋있었다.

Y님은 딱 봐도 날렵한 분위기를 풍겼다. 헐렁한 상의를 입고 있었지만 몸에 군살이 끼어들 틈이 전혀 없다는 건 알 수 있었다. 나는 Y님에게 얘기 많이 들었다면서 운동 관련 질문을 좀 해도 되느냐고 물었다. Y님이 당연히 된다고 해 이것저것을 물어보았다. Y님은 아침 저녁으로 요가, 수영, 헬스를 매일 하고 있다고 했다. 운동은 정말

좋아서 하는 거예요? 내 질문에 Y님은 그렇다고 대답했다. 운동을 하지 않고 있을 땐 운동 시간만 기다려요. 와, 대단하다. 내 반응에 Y님은 운동 덕에 좋아진 점이 있다고 했다. 운동을 하기 전엔 몸도 안 좋고 무기력했는데 지금은 다 떨쳐냈어요. 원래는 무기력했어요? 네, 많이 그랬어요. 일을 하다가 애를 봐야 해서 그만두어야 했거든요. 집에만 있다 보니 그렇게 됐어요, 무기력하게.

그래서 더 열심히 하시는 거네요, 좋아졌으니까. 내 말에 고개를 끄덕인 Y님은 잠시 생각하는 듯하더니 말했다. 근데 그것뿐만은 아닌 것 같아요. 예전에 저도 제가 왜 이렇게 열심히 운동을 하나 생각한 적이 있어요. 그런데 잘 모르겠더라고요. 그래서 수영장에서 만난 언니한테 물어봤어요. 언니는 왜 운동을 하느냐고. 언니가 이렇게 말하더라고요. 여기가 내가 갈 곳이니까. 수영장이 갈 곳이 되어주어서 수영을 한다고요. 그 얘길 듣고, 아, 나도 그렇구나, 하고 알게 됐어요. 그게 필요했던 것 같아요. 내가 갈 곳. 집에서 나와 갈 곳이요. 생각지도 못한 대답이라 나는 고개만 끄덕일 수밖에 없었다.

Y님과 이야기를 더 이어가며 나는 어떤 이미지를 떠올렸다. 퇴근 후 회사 밖으로 나온 누군가의 이미지였다. 지친 기색이 역력한 누군가가 터덜터덜 걸어가는 방향의 끝엔 집이 있을 거였다. 집안일을 끝내고 집 밖으로 나온 누군가도 떠올랐다. 지친 기색이 역력한 누군가가 길 한가운데에 멈춰 서서 주변을 둘러보며 생각한다. 어디로 가지. 어디로 가야 할지 스스로에게 묻는 것만큼 쓸쓸하고 공허한 일이 없기에 그 누군가는 갈 곳을 정해두기로 한다. Y님에게 갈 곳은 체육관이었다. 그 결과 날렵해 보이는 근육질의 몸과 삶의 활력과 무언가를 좋아하는 마음을 얻었다.

언니와 Y님이 얘기하는 걸 더 듣다가 카페를 나왔다. 모자를 쓰고 공원을 향해 걸었다. 걸으며 어딘가 갈 곳이 필요한 사람에 대해 생각해봤다. Y님에게 얘기를 들을 땐 Y님이 어딘가 갈 곳이 필요한 사람이었는데, 걸으며 생각하니 나 또한 어딘가 갈 곳이 필요한 사람이었다. 집을 나와 어딘가 가는 사람, 그리고 다시 집으로 돌아가는 사람. Y님과 내 삶의 모습은 많이 다르겠지만, 겉으로 드러난 모습을 걷어내면 우리 둘 다 집과 다른 곳을 드나들며 삶을 환기한다는 점에선 같았다.

그러고 보면 내가 이렇게 산책을 나오는 것 역시 삶을 환기하는 방법이었다. 아무리 집순이라도 하루 종일 집에만 머무르는 경우는 드물었다. 집에 있다가도 옷을 갈아입고 나와 어딘가로 갔다가, 그 끝에서 다시 집을 되돌아갈 곳으로 만들었다. 몸도 피곤하고 마음이 편치 않을 땐 며칠 집에만 있기도 했지만, 그런 며칠을 보내고 나면 공기를 환기하듯 삶을 환기하기 위해 집을 나섰다. 마트에서 장이라도 보고 돌아와야 기운이 났다.

여기까지 생각해보니, 나와 집의 관계가 새롭게 보이기 시작했다. 나는 집에 있는 걸 좋아하지만 집에만 고여 있는 건 못 하는 사람이었다. 집과 다른 곳을 오고 가며 살아야 집에서의 생활에도 에너지가 붙었다. 나와 집 사이의 건강함은 매순간 붙어 지내는 데에서 오지 않고, 수시로 붙고 떨어지는 유연함에서 오기 때문일 거였다. 마치 건강한 인간관계에서처럼. 하나의 관계에서 모든 걸 구할 수 없듯, 하나의 장소에서 모든 걸 구할 수 없기에.

이렇게 생각하자 내가 집을 나와 찾아가는 모든 곳에 고마워졌다. 공원, 마트, 편의점, 식당, 술집, 도서관, 체육관, 그냥 멍하니 걸을 수 있는 거리도. 나는 집 밖으로 나와 내게 필요한 것을 구하곤 했다. 탁 트인 공간에서 불어오는 바람이나 종아리에 떨어지는 햇볕, 맛있는 식재료나 시원한 맥주, 함께 운동하는 사람들과 주고받는 응원의 말이나 집으로 돌아오는 길에 스쳐 지나간 모녀의 티격태격하는 소리 같은 것들. 밖에서 구해 들여온 것들이 집에서의 생활에 생기를 부여했다.

때론 집을 무작정 나오기도 하는데, 그런 날엔 집 앞에 공원이 있다는 것이 행운처럼 느껴진다. 어디로 가지, 망연히 주변을 둘러볼 필요 없이 공원으로 들어서면 되니까. 그렇게 공원을 걷다 보면 어느새 집은 다시 돌아갈 곳이 되고, 집에 가까워질수록 얼른 집에 가고 싶어진다.

집이 홈 스위트 홈이 되려면 잠시라도 집에서 떨어진 시간이 필요한 걸까. 그럴지도 모른다고 생각하며, 오늘도 공원을 한 바퀴 돌았다.

잘 쉬고 있다는 대답

MBC 유튜브 채널 〈오느른〉에서 북토크 제안을 받았다. 김제평야에 책방 '책밭서점'을 열게 되었는데 오픈 날 라이브 북토크를 할 예정이라고 했다. 평야에 책방이라니, 멋지다. 한다고 손을 번쩍 들어놓고 포털 사이트에 들어가 '김제평야'를 검색했다. 사각형으로 구획된 논밭이 끝없이 펼쳐진 이미지가 모니터 화면을 채웠다. 이미지를 계속 클릭하며 평야를 감상하다가 다시 한번 멋지다는 생각을 했다. 이런 곳에 책방을 연다니.

평야를 충분히 감상하고 나서 〈오느른〉 채널에 올라온

첫 영상을 찾아봤다. 2020년 6월에 올라온 3년 전 영상. "4,500만 원짜리 폐가를 샀습니다"라는 제목의 4분 40초짜리 영상은 MBC 최별 피디가 서울에서 전라북도 김제에 있는 '집'으로 가며 시작하고 있었다. 만으로 서른, '회사에 다니는 평범한 사람'인 최별 피디는 덜컥 폐가를 산 이유를 이렇게 말했다. "사실 별 계획도, 생각도 없어요. 그냥 당장 좀 쉬고 싶었어요. 이 집을 보는 순간, 아 여기에서 쉬면 되겠다 싶었어요."

쉬고 싶던 최별 피디가 이후 3년간 채널에 올린 영상을 생각이 날 때마다 하나씩 봤다. 기분에 따라 골라 본 영상들은 최별 피디가 집을 꼭 사야만 했던 마음을 대변하듯 하나같이 편안하고 정겹고 또 아름다웠다. 최별 피디의 아버지가 자전거를 배우시는 영상은 두 번이나 봤다. 영상엔 다른 내용은 없었다. 평야를 배경으로 부녀가 투닥거리며 자전거를 연습하는 게 다인, 그래서 너무나 좋은.

북토크 날, 익산역에 내려 택시를 탔다. 36년간 택시를 운전했다는 기사님은 30분 동안 자신의 삶을 간략히 요약해주었다. 화만 낼 줄 알았던 아버지, 아내와의 두근거리는 첫 만남, 동창을 택시에 태웠던 순간, 공부 잘했던 과거, 뜻대로 되지 않은 인생, 아버지와 달리 자식에게 최선을 다하려 노력하는 지금까지. 오디오북을 들으며 가려다 이어폰을 뺀 나는 기사님의 요약된 인생을 가만히 들었다. 지금은 익산에 살지만 김제가 고향이라는 기사님은 고향에 가까워질수록 추억이 새록새록 돋는 듯했다. 하지만 고향 가는 길은 헷갈리시는 듯 내비게이션 두 개를 보면서도 내 휴대폰 내비게이션 방향까지 묻던 기사님이 문득 말했다. 어우, 비바람이 세게 부네요.

택시에서 내리자마자 우산이 뒤집혀 급히 서점 마당으로 들어섰다. 생각보다 큰 촬영이라 수십 명에 달하는 스태프가 바쁘게 움직이고 있었다. 마당에서 북토크를 한댔는데 할 수 있을까. 다행히 날은 서서히 갰다. 마당에 관객을 위한 의자가 놓였고, 그 주위로 카메라 몇 대가 자리를 잡았다. 카메라 앞에선 어떻게 행동해야 할지조차 모르는 터라 오히려 덤덤해졌다. 이곳 책받서점도 작은 동네 서점이니 다른 동네 서점에서 하던 것처럼 하면 되겠지.

최별 피디님, 요조 작가님 사이에 앉아 북토크를 시작했다. 영상에서만 보던 두 분이라 연예인 사이에 앉은 일반인이 된 기분이었는데, 이 기분이 조금이나마 부담을 덜어주었다. 시청자들은 두 분에게 관심을 가질 거야, 난 잘 안 보일 거야, 라는 합리적인 생각 끝에 두 분에게 묻어가기로 결심도 했다.

남모르게 묻어가는 사이, 유쾌한 피디님과 위트 있는 작가님 덕분에 나도 서서히 즐기는 마음이 되어갔다. 생각해보면 앞에 앉은 관객분들이나 집에서 라이브로 시청을 하고 있는 분들이나, 눈에 불을 켜고 우리의 허술함을 찾아 평가할 리는 없었다. 이 먼 평야를 찾아 온 사람들과 〈오느른〉 채널을 시청하는 사람들이라면 우리 모두 다 허술한 사람이라는 걸 알고 있을 테니까.

비바람이 남기고 간 서늘한 공기 속에서 이야기를 하다 보니 차츰 여유도 찾았다. 좁았던 시야가 넓어지며 관객 너머에 있는 평야를 이제야 제대로 볼 수 있었다. 〈오느른〉 채널은 색감이 정말 예쁜데, 그 채널 속으로 들어와 있다고 생각하니 절로 눈에 필터가 씌워지며 모든 것이 아늑해 보였다. 나중에 최별 피디님은 날씨가 갠 것에 대해 한 해 동안 쓸 운을 다 쓴 것 같다고 말했는데, 정말이지 오히려 햇볕이 쨍한 날씨보다 비 온 뒤의 흐린 날씨가 분위기를 더 돋워주는 듯했다.

북토크는 끝을 향해 가고 있었고, 최별 피디님은 우리가 함께 앉아 있는 곳과 어울리는 질문을 했다. 작가님은 잘 쉬시나요? 잘 쉬고 싶어 무작정 폐가를 구입한 최별 피디님과도 어울리는 질문이었다. 내가 잘 쉬고 있나 스스로 물을 필요도 없이, 나는 바로 잘 쉬고 있다고 대답했다. 잘 쉬면서 살고 싶어 몇 년째 잘 쉬는 방법을 모색해왔으니까.

내 대답을 듣고 피디님은 밝은 목소리로 놀란 듯 말했다. 이 질문에 잘 쉰다고 대답한 사람이 한 명도 없었는데 작가님이 처음으로 잘 쉬고 있다고 대답한 거라고. 순간 대한민국 국민답게, 다들 바쁘게 달려나가는데 나만

쉬면서 막 사는 건 아닌지 위기감이 들었지만 금방 위기감을 떨쳐냈다. 쉬는 것도 노력이 필요한 나라에서 나 역시 잘 쉬려고 노력하고 있는 것뿐이니까.

잘 쉬어야 잘 살게 된다는 걸 언제쯤 알게 되었더라. 잘 못 쉬어 몇 번쯤 삶이 꺾이고 나서 알게 되었겠지. 쉴 새 없이 수많은 걸 배우라고 다그치는 나라에서 쉬는 법만큼은 절대 알려주지 않았기에, 잘 쉬는 법은 혼자 깨우쳐야 했다. 이렇게 저렇게 쉬어보다가 알게 된 건, 시간이 많다고 잘 쉬게 되는 건 아니라는 거였다. 하루 종일 누워 있다고 쉬는 것도 아니었다. 걱정을 한가득 안고 주말 이틀 침대에 누워 있다고 휴식은 아닌 것처럼.

제대로 쉬어보고자 탐구한 끝에 휴식이 무언지 어렴풋이 알게 되었다. 내게 휴식은 비어 있는 시간 속에 존재하는 것이었다. 비어 있는 시간 속에 존재한다는 건, 시간 속에 나만 들어가 있는 걸 말한다. 시간 안으로는 아무것도 들어오지 못한다. 사회적 시선, 압박, 재미없고 고리타분한 말들. 지치지 않고 찾아오는 불안, 걱정, 두려움도.

시간이 공이라면 그 안에 나만 존재하는 것이다. 공 안에 들어가 있을 땐 나와 관계 맺은 이들이 아무도 없다는 감각도 필요했다. 얽히고설킨 관계에서 떨어져나와 가벼워진 몸과 마음이 되어본다. 나는 혼자이고, 나는 자유롭다고 감각해본다. 단 한 시간이라도, 단 하루라도 가벼운 상태가 되는 것. 이 상태에서 꼭 해야 하는 일이 아닌 내가 좋아하거나 하고 나면 기분 좋은 일을 하는 것. 이것이 내가 찾은 휴식이었다.

공 안에 들어가는 일이 처음부터 잘되진 않았다. 여러 생각과 감정, 관계를 잠시라도 깨끗이 끊어내야 했는데 쉽지 않았다. 그래도 계속하다 보니 실력이 늘었다. 오후 내내 안 좋은 일로 끙끙 앓다가도 밤이 되면 아, 몰라, 이제 쉴 거야, 다 잊어버리게 됐다. 밤이면 나 몰라라의 시간을 자주 갖다 보니 어느덧 밤은 내게 안전한 휴식 시간이 되어주었다. 밤이 되면 모든 걱정, 시름은 내일로 넘기고 우선 가벼워지려고 한다. 마음을 놓고 이 시간을 마주한다. 적어도 오늘 밤엔 아무도 날 건드리지 않을 것이고 내게 아무 일도 벌어지지 않을 것이라고 믿으며.

밤뿐 아니라 언제든 쉬어야 할 땐 쉬려고도 한다. 나도 모르게 내가 힘들어하고 있었다는 느낌이 오면 나를 푹 쉬도록 허락한다. 나를 몰아세우지 않고 느슨하게 풀어주면서 한량처럼 며칠을 보내도록 한다. 힘을 내, 말하기보다 내 안에 힘이 차오르도록 기다린다. 하루 종일 소파에 누워 있어야 한다면 그렇게 한다. 누워 있으면서는 죄책감을 느끼지 않고 어린 조카를 대하듯 나에게 우쭈쭈 한다. 힘들었구나, 그럼 쉬어야지, 푹 쉬어, 우쭈쭈. 스스로 우쭈쭈까지 하며 살아가는 나. 그러니 피디님의 질문에 바로 대답할 수 있었다. 전 잘 쉬고 있어요.

북토크가 끝나고 청음회를 기다렸다. 어느덧 어둠이 내려앉았고, 마당에 놓인 피아노 위로 작은 전구들이 은은하게 반짝였다. 가수 요조의 청아한 목소리로 청음회가 시작되었다. 노래 사이사이 최별 피디가 무대로 나와 진행을 했는데, 피디님은 여러 번 개구리 소리를 들어보라며 우리 귀를 쫑긋 세우게 했다. 그때마다 나는 개구리 소리에 귀를 쫑긋 세웠다. 동그란 시간 속으로 들어와 있는 기분이었다.

치타델레

온종일 휴대폰 속 다른 이들의 삶을 들여다보고 있다 보면, 내 안으로 그들의 생각과 욕망이 쉽게 침투해온다. 어느덧 나는 그들이 욕망하는 걸 욕망하고, 그들이 말하는 걸 말하고, 그들의 의견을 내 다음번 의견으로 쓰기 위해 기억해둔다. 안 그러려 해도 자꾸 나를 잃어간다는 생각이 들 때면 나는 몽테뉴를 떠올린다. 슈테판 츠바이크가 쓴 몽테뉴 평전 『위로하는 정신』에는 이런 문장이 있다. "서른여덟 살에 몽테뉴는 세상에서 물러나서 자기 자신 말고는 다른 누구도 섬기지 않게 되었다."

서른여덟 살에 세상에서 물러난 몽테뉴가 숨어 들어간 곳은 그만의 서재, 치타델레. 아버지에게서 성을 물려받은 몽테뉴는 성 안 가장 쓸모없는 공간을 골라 그곳을 자기만의 서재로 삼는다. 나선형 계단을 걸어 올라가면 나오는 그곳에서 그는 책 읽고 공상하고 글 쓰고 잠을 잤다. 몽테뉴의 허락이 없으면 아무도 그곳에 발을 들이지 못했고, 그는 원할 때만 치타델레를 벗어났다.

치타델레는 작업실 같은 개념이 아니었다. '외부 세계와의 작별'을 의미했다. 몽테뉴는 실제 마흔여덟 살이 될 때까지 10년 동안 거의 대부분의 시간을 치타델레에서 홀로 보낸다. 그곳에서 오직 자기 자신만을 탐구했다. 세상에서 가장 의미 있는 일은 자기 자신을 아는 일이라고 생각했기 때문이다. 치타델레란, 괴테가 말한 "내적인 자아, 아무도 그 안으로 들어올 수 없는 자아"를 뜻한다.

몽테뉴를 떠올릴 때면 나의 치타델레로 들어가는 문이 열리는 것만 같다. 문을 열고 들어가 나도 나에게 집중한다. 내 생각, 감정, 느낌 안으로 깊숙이 들어가 그것을 바라본다. 그럴 때면 가늘고 연약하지만 그 끝은 내게 닿아 있는 이야기들이 희미하게 보인다. 나로부터 비롯된 이야기들이다. 나는 그 이야기들을 조심스레 당겨 나에게 들려준다. 나의 치타델레에서, 나는 나의 이야기를 들으며 나를 찾는다.

나의 하루

오늘은 7시 20분에 눈이 떠졌다. 30분으로 맞춰놓은 알람을 끄고 15분 정도 뒹굴거렸다. 세수하고 가글하고 이불을 정리한 뒤에 거실로 나왔다. 테이블에 앉아 멍을 때리다가 일어나 부엌으로 갔다. 냉동고에서 비닐 랩에 둘둘 말린 케일과 신선초를 꺼냈다. 건강해져보겠다고 녹즙까지 먹게 된 건데, 케일과 신선초가 집에 온 날 나는 케일과 신선초 각각에 놀랐다. 케일은 너무 컸고, 신선초는 그냥 줄기였다. 크거나 그냥 줄기인 녹색식물을 깨끗이 씻어 주먹 반만 한 크기로 소분해놓는 것도 일이어서, 나의 녹즙 인생은 그리 오래갈 것 같진 않다.

믹서기에 꽝꽝 얼린 녹색식물을 톡 떨어뜨리고 오렌지 주스와 물을 반반 넣었다. 미치도록 큰 믹서기 소리를 감내하며 식물 입자가 사실상 액체처럼 되길 기다렸다. 다 갈린 녹즙은 내용물과 어울리는 녹색 컵에 따랐다. 이제 진짜 아침을 차릴 순서. 냉장고에서 과일을 찾아보니 키위가 두 개 보였다. 하나를 꺼내 씻은 뒤 칼로 잘라 접시에 담았다. 여기에 요즘 내 아침의 핵심인 플레인 요거트를 다섯 숟갈 얹었다. 플레인 요거트 또한 건강해져보겠다고 먹기 시작했다. 장까지 무사히 도착한 유산균의 힘으로 장속 미생물이 행복하게 활동하게 된다면 지속적으로 날 괴롭히는 염증 질환이 사라질지도 모른다는 희망을 담은 선택이었다.

오로지 건강에 대한 염려로 점철된 아침을 먹기 시작했다. 보통은 아침을 먹으면서 책을 읽지만, 오늘은 책이 눈에 들어오지 않는다. 어제 쓰다가 막힌 글을 어떻게 풀어야 할지 모르겠다. 어젠 외로움을 주제로 글을 쓰기 시작했다. 사실 이 책을 쓰며 떠올린 주제에 외로움은 없었다. '혼자 사는 삶'에 흔히 연결되는 감정이 '외로움'인 건 안다. '혼자 살아서' '외로워질 수 있다'고들 생각하니까. 하지만 누군가를 꼭 옆에 두어야 하는 사람이 외로움을 더 타는 사람일 가능성이 높으므로, '함께 사는 삶'에 '외로움'을 연결하는 것 또한 자연스럽게 느껴진다. '외로워서' '함께 사는 것'이니까. 혼자 살아서 외로워진 사람과 외로워서 함께 사는 사람 중 누가 누가 더 외로울까. 누가 알 수 있을까. 우리가 아는 건 그저 우리 모두 가끔 외로워진다는 것뿐이지 않을까.

계획에 없던 주제인 외로움으로 글을 쓰기로 한 건, 독자분들이 궁금해할 것 같아서였다. 혼자 사는 이야기를 계속 읽다 보면, 이 작가는 외롭지 않나, 순수한 궁금증이 생길 수도 있겠다 싶었다. 그래서 쓰기 시작하니 예전에 내게 외롭지 않으냐 물었던 지인이 떠올랐고, 이후 때때로 외로움에 대해 생각하던 것이 떠올랐다. 외로움이란 주제로 글을 쓰지 않았다면 잊고 지나갔을 기억이었다. 어제는 지인이 내게 외로운지 묻는 장면을 풀어쓰고는, 이어 외로움에 대한 내 생각을 위 문단에서처럼 구구

절절 썼다 지우고 또 썼다 지우다가 하루를 다 보냈다. 나는 어제 쓴 글이 마음에 들지 않았다.

키위 토핑 요거트를 다 먹고는 녹즙을 들이켰다. 컵과 접시를 개수대에 넣고 책을 읽어보기로 한다. 책을 읽다가 청소를 했다. 간단히 청소하고 조금 쉬다 서재로 들어가려다가, 오늘은 시간을 들여 길게 청소를 하기로 한다. 책상에 앉아 아이디어가 떠오르길 기다리기보다 몸을 움직이며 기다리기로 하는 것이다. 오늘 쓸 글을 머릿속에 가볍게 떠올려놓고 마치 이건 중요하지 않은 일이라는 듯 다른 일에 집중하다 보면 아이디어가 번뜩 떠오르기도 하는데, 이걸 노린 청소이기도 하다. 아이디어야, 떠올라라.

청소 후 아이스 아메리카노를 들고 서재로 들어왔다. 10시가 조금 안 된 시간. 도대체 뭘 어디서부터 어떻게 써야 할지 모르겠을 때도 10시엔 책상에 앉으려고 한다. 주제나 소재조차 떠오르지 않았다면 서재로 들어오는 대신 공원을 걸을 때도 있다. 나는 앉자마자 바로 글 쓸 능력이 없는 사람이기에 10분 정도 딴짓을 하고 나서야 어제 쓴 글을 읽어본다. 생각이 건조하게 늘어지는 통에 재미없음을 재확인하고는 글을 싹 지운다. 다시 처음부터 시작. 그런데 어떻게 시작하지. 소소한 일상 에피소드로 시작하고 싶다. 그럼 친구들 만난 얘기를 해볼까. 아이디어가 떠오른다. 너네도 외로워? 내가 물었을 때 친구들이 뭐라고 대꾸했더라. 이걸 잘 써보면 좋을 것 같다.

하지만 잘 써지지 않아 한 문장도 쓰지 못했는데 점심때가 되었다. 글이 잘 써진다고, 또는 안 써진다고 밥을 거르지 않는 나는 12시 즈음 서재를 나왔다. 뭘 먹을지 고민할 필요 없이 오늘도 잔치국수다. 건강해져보겠다고 당분간 밀가루를 끊었기에 쌀 소면으로 만 국수. 밀가루 끊기를 끝까지 망설였던 건 점심에 먹는 면 요리 때문이었다. 일주일에 네다섯 번은 면 요리를 먹었는데 못 먹게 된다면 나의 점심은 어떻게 되나. 감사하게도 이 세상엔 쌀 떡볶이가 존재하듯 쌀 소면이 존재했고, 먹어본 결과 어쩌면 밀가루와 영원히 이별할 수도 있을 것만 같았다.

잔치국수에 없어선 안 될 건, 고명. 주로 호박, 양파, 버섯, 볶은 김치 등을 국수에 얹어 먹는데, 최근엔 가지를 올리고 있다. 항염에 보라색 푸드가 좋다고 해서 블루베리를 한번 샀다가 양에 비해 가격이 만만치 않아서 가지를 먹기로 했다. 가지 고명을 만들기는 쉽다. 적당한 크기로 자른 가지를 기름을 두르지 않은 팬에 올려 흐물흐물해질 때까지 휘젓기만 하면 된다. 꺼내기 전에 후추와 소금만 조금 친다. 삶은 국수를 볼 넓은 접시에 담고 뜨거운 육수를 부은 후, 그 위에 가지를 듬뿍 올리면 보기만 해도 건강해질 것 같은 가지 잔치국수가 완성된다.

보통은 점심을 먹으며 팟캐스트를 듣거나 영상을 보지만, 오늘은 아침때처럼 아무것도 머리에 들어오지 않는다. 그냥 아무 생각 없이 국수를 먹기만 한다. 면과 가지와 양념장에 썰어 넣은 청양고추의 만남은 완벽에 가까워서 감동이 몰려온다. 밀가루 소면보다 쫄깃한 쌀 소면을 음미하며 먹다가, 그날 친구들을 만나 했던 일들을 순서대로 떠올려본다. 이번 역시 겟돈을 쓰기 위해 만났고, 네 명 다 몸 여기저기가 안 좋았고, 그러면서도 대낮부터 맥주를 마셨고, 언제나처럼 계속 웃었고, 빌런이 출몰했고, 배 터지게 먹었고, 그리고 내가 물었지. 너네도 외롭냐고.

점심을 먹고는 마트에 갔다. 쟁여템 중 하나인 양파를 사고, 키위 다음으로 먹을 망고를 사고, 냉동 보관해 놓는 파가 바닥난 지 며칠이므로 파도 샀다. 내가 왜 이 뜨거운 시간에 밖에 나왔을까 후회하며 집으로 돌아와 샤워를 한 뒤, 소파에 누웠다. 한 시간쯤 그냥 시간을 흘려보내려고 한다. 책도 읽었다가, SNS도 했다가, 눈도 감았다가 하며.

2시가 넘은 걸 확인하며 책상에 앉았다. 뭐라도 써야 퇴고라도 할 수 있다는 글쓰기의 진리를 되새기며 쓰기 시작한다. 친구들을 만나 노는 유쾌한 에피소드 안에 외로움에 대한 생각과 대화를 조금 넣는 식으로 써보기로 한다. 사람을 무너지게 할 정도의 외로움이 아니라, 문득문득 일상을 치고 들어오는 외로움은 이런 식으로 써도 될 것 같다. 될 것 같은지 아닌지는 쓰다 보면 알게 되므로, 우선 써야 한다.

그날 있었던 일을 시간순으로 쓰다 보니 평소보다 속도가 붙는다. 나는 문단과 문단을 잇는 게 특히 어려운데, 이번엔 이것마저 수월하게 된다. 하루에 서너 문단만 써도 이 정도면 성공적인 하루였다고 생각하는 내게 하루에 A4 한 페이지를 쓴다는 건 오늘을 운이 좋은 날로 삼아도 좋다는 뜻이다. 운이 좋은 오늘, 한 페이지를 거뜬히 넘기고 다음 페이지를 채우기 시작한다. 시간은 5시. 한 시간만 더 쓰면 저녁 시간이다.

6시엔 오늘의 성취를 자축하며 일어났다. 그날 그날의 성취는 질보단 양에 좌우된다. 양이 있어야 질을 덧붙일 수 있으므로. 글이 잘 써진 날은 정말 너무 기분이 좋아서 다른 날과 확연히 구분된다. 매일 이런 날만 있으면 좋겠지만 그럴 리 없으니 이 기분을 기꺼이 누린다. 기분 좋게 서재를 나왔다. 거실엔 김치찌개 냄새가 진동하고 있었는데, 이 찌개가 무엇이냐 하면, 오후에 글을 쓰며 만들어놓은 것이다. 요즘 내가 정말 궁금한 건 다른 작가들은 집중력 관리를 어떻게 하고 있느냐이다. 집중력이 짧아진 뒤론 글을 쓰며 자꾸 딴짓을 하고 싶어지는데, 그럴 땐 그냥 어차피 해야 할 일을 하곤 한다. 찌개를 끓이거나, 반찬을 하거나, 눈을 쉬게 하거나.

김치찌개와 깻잎무침, 진미채볶음, 그리고 역시 건강해져보겠다고 마시고 있는 무알코올 맥주까지 준비해놓고 테이블에 앉는다. 예능을 보면서 밥을 먹고는 주방 뒷정리를 간단히 한다. 운동 시간인 8시까지는 한 시간 넘게 남았다. 운동 전까진 영상을 보거나 책을 읽으며 시간을 보낸다. 오늘도 운동 후에 공원을 걸으려고 한다. 운동 후 걷기는 눈이 안 좋아지면서 생긴 루틴이다. 밤에 집에 있어봤자 할 게 없으니 그냥 걸었던 건데, 몸에도 마음에도 잘 맞았다. 걷고 나서 집에 들어오면 오늘 하루도 끝이다. 자기 전까진 뭘 할까. 걸으면서 생각해보기로 한다.

에필로그

지난여름, 집 앞 공원을 가로지르는 다리 아래로 걸어 들어갔다. 그늘진 공터이다 보니 아무리 더운 날도 선선한 공기가 꽉 차 있는 곳이다. 공원 중심부와 멀어 늘 한산하고 사람이 있어 봐야 한두 명이 다인 곳. 이곳에 잠시 앉아 물소리도 듣고 나무도 바라보고 지나가는 사람이 있으면 구경도 할 요량이었다.

어느 시골 평상처럼 등받이 없는 넓은 의자에 앉아 쉬다가 일어나 몸을 풀었다. 어차피 보는 사람도 없으니 집에서 하던 스트레칭을 마음껏 해보았다. 기지개도 켜고,

손으로 바닥을 짚으며 허리도 풀고, 양다리를 하나씩 찢으며 아픔도 즐기고. 그렇게 시원하게 몸을 푼 뒤 다시 의자에 앉는데 공터 맞은편 쪽으로 한 할아버지가 걸어가시는 게 보였다. 할아버지라고는 하지만 아빠 나이와 비슷한 분이었는데, 손에는 줄넘기 줄이 들려 있었다.

줄넘기 하시려나 보네, 생각하고는 넓은 공간을 눈에 담는데, 한순간 내 시선은 할아버지 쪽으로 쏠렸다. 툭툭 툭툭. 줄이 바닥을 리드미컬하게 때리는 소리를 만들며 낮고 빠르게 줄넘기를 하는 할아버지 쪽으로. 일자로 곧게 편 몸으로 오래도록 해왔을 줄넘기를 오늘도 하고 있는 할아버지를 보며 나는 왜 할아버지가 줄넘기를 서툴게 하리라 예상했는지 모르겠다고 생각했다. 나보다 백 배는 잘하시는데.

누가 보고 있는지 신경도 쓰지 않고 할아버지는 흐트러지지 않은 자세로 줄넘기를 하다가 쉬고, 또 하다가 쉬었다. 줄넘기를 하는 시간과 쉬는 시간을 정해놓으신 것 같았다. 쉴 때면 돌계단에 앉아 숨을 골랐고, 이내 또 일어나 가볍고 정확한 동작으로 줄넘기를 했다. 그 모습을 보다가 나는 5부 레깅스로 감싸인 허벅지를 툭툭 두드렸고, 고개를 들어 다리 하단부를 구경했으며, 조금 더 쉬다 다리 아래를 벗어나면서는 나도 저렇게 살고 싶다고 생각했다. 할아버지처럼, 저렇게 살고 싶다고.

이 책을 쓰기 시작하면서 나는 내 삶을 아우르는 단어로 '단순'을 떠올렸다. 책을 거의 다 쓴 무렵에서야 내가 언제부터 단순한 삶에 마음을 주게 되었는지 생각해봤다. 정확한 시기를 떠올릴 순 없었지만, 서른이 넘은 어느 날부터였던 것 같다. 모든 삶에는 저마다 방식이 있고, 사람은 누구나 자기 삶의 방식을 스스로 일굴 수 있다는 걸 알게 된 후부터. 그즈음 생각했겠지. 나도 내 삶의 방식을 일구고 싶다고.

하지만 어떤 식으로 일구어야 할까. 알 수 없어서 언제나처럼 다른 삶들을 흘긋거리다 보면 유독 가슴이 반응하는 삶들이 있었다. 조용하고 단순하게 흘러가는 삶들이었다. 겉치레 없이 눈앞에 놓인 일과에 집중한 삶들. 이런 삶을 사는 사람들의 일상엔 보이지 않는 질서가 있는 듯했다. 그 질서를 따라 삶을 단순하게 다듬어가는 모습을 보다 보면 문득 생각하게 됐다. 나도 저렇게 살고 싶다고.

저렇게 살고 싶은 삶을 만나는 경험은 흔하지 않았다. 나와 연결되어 있지 않은, 통하지 않은 삶들은 아무리 봐도 무심히 스쳐 지나가게 되니까. 그러다 어떤 삶을 보면 가슴이 반응하고 시선이 멈췄다. 오래도록 보고 싶어서.

내가 반응하는 삶들엔 하나같이 할아버지가 곧게 편 몸으로 하는 줄넘기 같은 순간들이 있었다. 일주일에 세 번 공원에 나가 줄넘기를 하자, 줄넘기를 할 땐 쉬는 시간을 갖자, 중간에 그만두지 말고 몸이 허락하는 한 계속하자. 할아버지가 마음에 새겼을 '작은 약속'이 만든 순간들.

자기만의 약속을 지켜나가며 차근차근 하루를 가꾸는 삶들에선 여유가 느껴졌다. 자기 삶에 필요하지 않은 것들에서 과감히 고개를 돌린 후, 해야 할 것들에만 관심을 둔 삶이었기 때문일 것이다.

독립을 하며, 유독 시선이 머물던 삶의 모습들을 자연스레 내 삶에도 구현해보고자 했던 것 같다. 닮고 싶은 마음을 듬뿍 담아 내 삶도 가능한 한 단순하게 일구어 나갔다. 요리, 걷기, 운동 같은 작은 약속들을 지켜나가면서.

오래도록 바라왔던 삶이어서인지 큰 시행착오 없이 단순한 생활에 안착할 수 있었다. 복잡할 것 없고, 소란스럽지 않은 하루하루가 지나갔다. 전체적으로 튀지 않고 옅은 색으로만 칠해진 그림 같은 매일을 살아가는 기분이었다.

단순한 생활이 좋은 건, 일상을 소중하게 생각하는 마음이 깃든 생활이라서다. 내 삶과 동떨어진 것들이 아닌, 내 몸과 마음에 밀착된 매일의 일과에 의미를 부여하며 시간을 쓰는 생활. 이런 생활을 보내다 어느 날 뚜렷이 느끼게 되는 삶에 대한 만족감. 나는 이런 만족감을 느끼며 살고 싶었고, 지난 1년을 그렇게 살았다. 그러면 된 것 아닐까. 누군가가 멈춰서 눈여겨볼 일상은 아니지만, 나의 에너지와 몸과 마음이 서로 호응하며 만들어낸 일상은 오롯이 나의 일상이었다.

이 글을 쓰기 일주일 전부턴 단전호흡을 시작했다. 일어나자마자 눈에 온열 안대를 하고는, 허리를 펴고 앉아 폐를 한껏 부풀렸다 끝까지 쪼그라뜨리는 중이다.

깊고 느리게 쉬는 숨을 통해 나는 어떻게 변할까. 더 단순해질 수 있을까.

그랬으면 좋겠다.

단순 생활자

초판 1쇄 발행 2023년 10월 13일
초판 3쇄 발행 2023년 11월 17일

지은이 황보름
펴낸이 정중모
펴낸곳 도서출판 열림원

출판등록 1980년 5월 19일(제406-2000-000204호)
주소 경기도 파주시 회동길 152
전화 031-955-0700
팩스 031-955-0661
홈페이지 www.yolimwon.com
이메일 editor@yolimwon.com
페이스북 /yolimwon
트위터 @yolimwon
인스타그램 @yolimwon

주간 김현정 책임편집 조혜영
편집 황우정 이서영 김민지
디자인 강희철
마케팅 홍보 김선규 최은서 고다희
온라인사업 서명희
제작 관리 윤준수 이원희 고은정 구지영

ISBN 979-11-7040-220-6 03810